I LEMURI

Published by arrangement with Delia Agenzia Letteraria

ISBN 979-12-5494-121-8

Prima edizione Baldini+Castoldi - La nave di Teseo gennaio 2024

www.baldinicastoldi.it
info@baldinicastoldi.it

Michele Guardì
La ciantona

Baldini+Castoldi

Dedico questo lavoro ai miei Genitori, ai quali non ho fatto in tempo a dare la gioia di vedere compiutamente che tanti di quei miei sogni che li preoccupavano non erano poi così irrealizzabili.

Sommario

IL CASO

Un Autore iperattivo sta scrivendo due romanzi in contemporanea. I personaggi delle due storie finiscono però con l'incrociarsi e non sempre quello che avviene ha la logica stretta che ogni storia richiederebbe.
L'Autore, che non ha ancora trovato i titoli che lo soddisfano, per riconoscere i personaggi li colloca provvisoriamente in un romanzo che chiama «bianco» e in un altro che chiama «nero», in base al colore degli abiti che fa loro indossare.
Ma quando un personaggio vestito di bianco entra nella storia nera e un personaggio vestito di nero entra nella storia bianca, le cose si complicano.
Ci vorrà un volo di fantasia per riportare gli eventi a una parvenza di normalità. Specie quando ci si imbatte in due delitti che sembrano impossibili per tutto quello che li circonda.

1.

Ciantona

«Ora che... quann?» ... «Stare... ammazzato tra... conosci?» ... «Senso che pens... fatto cose» ... «Dove?... Casa... a?» ... «...emmo che... io l'ufficio occupo... mattina e tu nel pom...» ... «Riposeterno Comp...» ... «Mezzo all'acqua» ... «Ancora non ubriacat...»

«Cos'è questa ciantona?» gridò l'Autore entrando al Caffè Moka.

Era, *ciantona*, un termine siciliano coniato in esclusiva a Castroianni, paese che, perduto tra le montagne, trovava nella fantasia una ragione di vita. E tra le fantasie c'era l'invenzione di parole nuove, come la ciantona, termine che veniva usato quando in un posto chiuso le voci si sovrapponevano in forma confusa tra rumori d'ambiente e frasi spezzate che non consentivano di cogliere il senso delle parole. Qualcosa che andava oltre il trambusto e che era un po' meno dello schiamazzo.

Una gran ciantona c'era in quel momento all'interno del Caffè Moka dove, senza che lui lo volesse, si erano adunati i personaggi dei due romanzi che l'Autore stava scrivendo.

«Non potete ammucchiarvi tutti qui... Ognuno torni negli spazi che ho assegnato», ordinò.

Non tutti lo fecero. Ma l'allontanamento dei più fu comunque sufficiente a calmare la ciantona.

Il brigadiere Amenta, ritenendosi un cliente prestigioso, per stare più tranquillo si spostò nella saletta riservata ai clienti più prestigiosi, dove il geometra Miccichè, noto in paese perché colpito dal complesso di Leonardo da Vinci, cominciò a illustrargli la sua ultima invenzione. Si trattava della Torre di Pisa, notoriamente storta, che a suo dire sarebbe stato un gioco da ragazzi raddrizzare grazie all'utilizzo di una trivella orizzontale di sua creazione che, asportando il terreno in esubero sotto metà delle fondamenta, avrebbe rimesso a piombo in pochi minuti l'immortale monumento. Senonché, gli ingegneri del Genio Civile, interpellati dallo stesso inventore per la verifica dei calcoli, qualche tempo dopo lo avrebbero informato che, così sollecitata, la povera Torre sarebbe crollata dopo i primi giri della sua trivella.

Squillò il telefonino che il brigadiere teneva sempre a portata di mano.

«Hai sentito il telegiornale?» disse una voce femminile.

«No. Sono al Caffè Moka», rispose il brigadiere. «Che è successo?»

«Hanno incriminato il presidente del Consiglio perché faceva cose facchine con venti minorenni.»

«Tutte in una volta?»

«Una alla volta, ma tutte nella sua stessa villa.»

«Senti, ne parliamo quando arrivo.»

«Era sua moglie, vero?» chiese Miccichè, che suo

malgrado aveva ascoltato la conversazione. «Cos'è che le ha detto?»

«Che stanno impallinando il presidente del Consiglio perché faceva porcherie con un po' di minorenni.»

«Siete una bella generazione. Queste sono cose che possono succedere solo ai vostri tempi!» commentò con severità una voce basa e profonda.

Il brigadiere si voltò e vide alle sue spalle un omone alto, baffuto. E chiese contrariato: «Scusi, chi è lei?»

«Il maresciallo Sconci sono.»

«E che ci fa qua?»

«La stessa cosa che ci fa lei. Sono venuto a prendere un aperitivo. Non è colpa mia se il nostro Autore, quando scrive, ambienta le storie sempre nello stesso paese e negli stessi posti. Io faccio parte dell'altro romanzo.»

«Sì, ma il nostro Autore ha appena finito di dire ai protagonisti dei due romanzi che, anche se viviamo nello stesso paese, dobbiamo stare lontani gli uni dagli altri. In posti diversi.»

«Non l'ho sentito. Forse perché ero in bagno.»

Era possibile. Anche i marescialli, d'altra parte, possono avere delle necessità fisiologiche da assecondare.

«Tanto per capire: che storia è la sua?» chiese Amenta, cercando di levarselo di torno.

«Una storia che si svolge più o meno settant'anni prima della vostra.» Poi, riferendosi al telefonino che il brigadiere continuava a tenere in mano, il maresciallo domandò: «Cos'è quell'attrezzo?»

«Un cellulare.»

«E a che serve?»

«A comunicare.»

«Così piccolo e senza fili?»

Il telefonino tornò a squillare. Del resto, piccolo per quanto si voglia, era pur sempre un telefono. E i telefoni quello fanno.

Avesse potuto, si sarebbe pure incazzato, perché il suo proprietario tardava a rispondere.

«Ma tu con questo giocattolo le voci le senti?» chiese il maresciallo, passando al tu senza troppi complimenti.

«Perfettamente», rispose Amenta. «Adesso è Vaccaro, l'appuntato che sta presidiando la caserma. Mi chiede di correre in via Cadorna perché hanno ammazzato uno.»

«Complimenti», disse Sconci, «se già nelle prime pagine del tuo romanzo l'Autore ti ci ha messo un cadavere, preparati a vivere in una trama complicata».

«Perché, nel tuo romanzo morti non ce ne sono?»

«Pure io ne ho uno. Ma il mio lo hanno ammazzato alla fine del quarto capitolo.»

«Secondo te perché l'Autore si è imbarcato in un doppio lavoro?» gli chiese Amenta.

«Quando un Autore scrive gli può capitare che un pezzo di dialogo o una scena, per quanto interessanti, vadano fuori dalla trama nella quale è impegnato. Inizialmente li mette da parte...» spiegò Sconci che, essendo più avanti nella sua trama, conosceva meglio i procedimenti mentali dell'Autore. «Quando poi si accorge di avere materiale sufficiente per mettere in piedi un altro romanzo comincia a scrivere anche il secondo.»

«Impicciandosi su due fronti farà fatica a ricordare quali sono i personaggi di un romanzo rispetto a quelli dell'altro», disse Amenta.

«Ah, per questo usa una furbata. Avete fatto caso al colore dei vostri vestiti?»

Il brigadiere abbassò gli occhi e si stupì: «Stamattina, uscendo, non avevo fatto caso che mi ero vestito di bianco».

«Pure io», disse il geometra Miccichè, sorpreso di trovarsi addosso una sorta di divisa da ufficiale di marina.

«Mentre io sono vestito di nero!» confermò il maresciallo Sconci. E continuò: «Non avendo ancora trovato i titoli che lo soddisfano, l'Autore ci distingue con il colore degli abiti. Naturalmente io sto nel romanzo nero.»

Il geometra Miccichè si mostrò poco convinto e si allontanò. Salutando militarmente, anche il brigadiere andò via lasciando al maresciallo Sconci la saletta riservata del Caffè Moka.

Evidentemente anche il maresciallo era un cliente prestigioso.

2.

Un morto accoltellato

La villa di via Cadorna era grande e squallida.

Carmela Culotta, trentaseienne di gran belle forme, l'aveva ereditata dal nonno Calogero, ma non avendo i mezzi per risistemarla ci vivacchiava dentro col marito, Giuseppe Sorce, uno sbandato con a carico una valanga di imbrogli, tentate truffe e furti, che il popolo minuto, gente di gran fantasia, identificava come Peppe Rapina.

Quello tra la Culotta e Rapina non poteva dirsi esattamente un matrimonio d'amore. Era stato piuttosto un matrimonio riparatore. Il Rapina, venticinquenne e già ampiamente mascalzone, si era incapricciato di Carmelina Culotta, all'epoca appena sedicenne, non tanto per le sue pur ben definite fattezze fisiche, quanto per la villa che ai suoi occhi di morto di fame costituiva una buona proprietà. La ragazza, pur scelleratamente sedotta, avrebbe preferito restare una disonorata piuttosto che finire tra le braccia di quel cialtrone. Ma la parentela non aveva sentito ragioni e l'aveva costretta a una convivenza che durava ormai da quasi vent'anni e che si era risolta in una corrida quotidiana.

Carmela, di carattere forte, aveva preteso letti separati e, come ulteriore sfregio all'uomo che si ritrovava a casa suo malgrado, non aveva mai accettato di farsi chiamare Sorce: le suonava di topo. Aveva deciso di continuare a farsi chiamare con il proprio cognome che, forse perché appropriato a un fisico ben fatto e rotondeggiante, più che un cognome era diventato un dato identificativo. Più che come Carmelina, il paese la riconosceva come la Culotta.

La cosa più gentile che i vicini avevano sentito dire alla Culotta rivolta al marito era «gran cornuto». Qualifica che obbiettivamente gli spettava in quanto, assecondando istinti mai sopiti neanche dopo aver subìto la violenza, la Culotta amava concedersi delle libertà con qualche compaesano di suo gradimento.

Rapina si era dovuto rassegnare anche a questo. E la sera, per trovare conforto alle sue infelicità, faceva il giro delle taverne del paese per annegare la solitudine in mari di vino.

Adesso, nudo e con un coltello da tavola piantato nelle spalle, annegava in un mare di sangue sul letto matrimoniale dal quale la Culotta lo aveva escluso costringendolo a dormire, da solo, sullo scomodissimo divano della sala da pranzo. Solo quando la moglie era fuori casa, Peppe Rapina riusciva a godersi la comodità di quel bel letto a due piazze.

Il medico legale, dottore Burgio, disse al pretore di essere certo che il decesso era avvenuto da meno di un'ora. Rientrando a casa dal supermercato dove i carabinieri erano andati a prelevarla, di fronte al marito che giaceva con un coltello piantato sulle spalle, la fresca vedova cominciò a urlare come una ossessa.

Anche se il rapporto era sempre stato travagliato, un morto era pur sempre un morto.

«Signora, non gridi!» le gridò il brigadiere Amenta.

«A me di fronte a uno morto mi viene da gridare.»

Sempre gridando il brigadiere continuò: «Lei dove si trovava un'ora fa?»

«Io è da stamattina presto che sono al supermercato.»

«Secondo lei chi può essere stato?»

La vedova rispose continuando a gridare: «Secondo me da solo si è ammazzato».

Gridando pure lui si inserì il cancelliere Palumbo che stava verbalizzando: «Signora, non può dire che si è suicidato».

«E che ne sa lei? Non è la prima volta che tenta di ammazzarsi», gridò la Culotta. E sempre gridando informò i presenti che il Rapina ci aveva provato altre volte. «Quando si ubriacava aveva dei momenti di lucidità, capiva che era un fallito e allora cercava di togliersi di mezzo. Ci ha provato in tutti i modi. Una volta si è buttato dalla finestra e si è salvato perché, anziché sul lastricato, è finito sul tetto della seicento di Cocò Antinoro. Che poi ho dovuto risarcire io. Un'altra volta si è tagliato le vene del polso destro con una lametta di quelle che usava per farsi la barba. E si è tagliato così profondo che si è paralizzato tutto il braccio. Perciò secondo me il coltello se l'è piantato con la mano sinistra. Aaaahhh.»

«Non gridi!» gridò il brigadiere.

Gridavano tutti.

Il pretore Giglio prese in pugno la situazione: «Silenziooo. Silenzio ho detto!»

«Lo ha sentito? Il pretore ha intimato il silenzio», gridò il cancelliere Palumbo in faccia alla vedova.

«Ma pure lei, cancelliere!»

«Ah, già!» si scusò il cancelliere a bassa voce.

Il pretore puntò la Culotta: «Signora, ragioniamo. Anche a rigirare il braccio sinistro per tutta la sua estensione, suo marito non poteva arrivare a piantarsi il coltello in questa maniera. È rimasto fuori solo un pezzetto del manico». Le fece la stessa domanda che aveva fatto il brigadiere Amenta: «Secondo lei chi può essere stato?»

La donna tacque. Il pretore si vide costretto a gridare pure lui: «Chi sono i vostri vicini di casa?»

«La signora Sinatra, che ha novant'anni. E le signorine Panepinto, che però non ci sono quasi mai perché stanno spesso dalla sorella più grande che vive a Cammarata.»

«E poi?»

«Un altro... Picilli Gaetano si chiama», rispose stavolta a bassa voce la Culotta.

Dagli sguardi che il pretore, il cancelliere e il brigadiere si scambiarono, era chiaro che stavano riversando i primi sospetti proprio su quell'uomo al quale la Culotta ogni tanto si concedeva per estorcergli metà della misera pensione di cantoniere stradale.

Arrivò l'avvocato Caldara, che il Pretore aveva fatto convocare telefonicamente dal cancelliere Palumbo.

Sospettata come possibile mandante e richiesta di accettare Caldara come difensore di ufficio, la Culotta non disse né sì né no. Si limitò a guardare torva l'avvocato che non capì quella reazione.

Squillò il telefonino del brigadiere.

«È l'appuntato Vaccaro», disse al pretore. «Mi sta dicendo che il Picilli si è presentato spontaneamente in caserma per dichiararsi innocente.»

«Bene ha fatto!» gridò la vedova. «Tanto si sa come ragionate voi carabinieri. Se uno se la fa con una donna e il marito della donna muore ammazzato, fate due più due e arrivate a quattro.»

Il dottore Burgio estrasse il coltello dalle spalle di Peppe Rapina, misurò la larghezza e la profondità della ferita, consegnò il corpo del reato al brigadiere, che lo avvolse come principale reperto in un tovagliolo prelevato dalla cucina, e comunicò che per quanto lo riguardava gli esami potevano considerarsi ultimati.

Entrando discretamente nella camera col morto, Girolamo Cannella si annunciò allegramente: «Pronti siamo!»

Cannella era il titolare della prestigiosa Riposeterno Company, agenzia di pompe funebri che insieme al fratello Onofrio aveva fondato a Castroianni, investendo i quattro soldi che avevano portato in Sicilia dal Belgio dove avevano lavorato per tanti anni nelle miniere di carbone.

Adesso che lavoravano all'aperto, avevano un'aria felice che quel tipo di lavoro non avrebbe previsto. Ma volete mettere la leggerezza di infilare un morto in una cassa piuttosto che sgobbare otto ore praticamente al buio a ottanta metri sotto terra?

Il pretore diede il via libera.

Cannella cominciò il suo bel da fare coadiuvato dal fratello Onofrio, che spinse nella stanza i cavalletti sui quali avrebbero posizionato una bella bara di mogano massiccio da tempo in attesa del giusto impiego.

«Con la signora che facciamo?» chiese il brigadiere al pretore.

«Al momento è un po' indiziata», rispose il pretore con una vaghezza che non si addiceva alla sua autorità. Ma aveva fame e l'ora di pranzo era passata da parecchio. E rivolgendosi alla Culotta le comunicò che non era in stato di fermo, ma che non avrebbe dovuto allontanarsi dal paese per restare a disposizione delle autorità.

Tanto per potere riprendere a gridare la Culotta, ad altissima voce, si proclamò «innocentissima».

3.

Tano Picilli

Passarono due giorni.

Rientrando in ufficio, il maresciallo Sconci trovò il brigadiere Amenta seduto al suo tavolo.

«Tu che ci fai qua?» chiese ad Amenta.

«Sto guardando le carte del mio morto che è stato ammazzato con una coltellata nelle spalle.»

«Nel *mio* ufficio?»

«No, a casa sua!»

«Non ti stavo chiedendo dove è stato ammazzato il tuo morto. Ti stavo chiedendo perché stai guardando le carte nel mio ufficio.»

«Ma questo non è il tuo ufficio. Casomai è il *nostro* ufficio. Lo hai detto tu che l'Autore ambienta le storie sempre negli stessi posti», rispose il brigadiere Amenta. «Sono qui perché dovrei interrogare l'amante della vedova del mio morto accoltellato. Continua a negare e l'ho dovuto mettere in camera di sicurezza.»

«Chi, il morto?»

«L'amante della vedova! Lo vedi perché poi a noi carabinieri ci mettono nelle barzellette?»

Sconci si giustificò: «Non fare così. Non avevo capito perché sono stanco».

«Ascolta», disse Amenta. «Se tu hai bisogno dell'ufficio, dopo che ho fatto l'interrogatorio, la stanza te la posso lasciare libera.»

«Certo, questa faccenda che le storie si svolgono negli stessi luoghi è una bella complicazione», riprese Sconci. «Visto, però, che noi siamo le forze dell'ordine, facciamo un po' d'ordine pure noi.»

«E come?»

«Potremmo fare che io, in quanto maresciallo, l'ufficio lo occupo di mattina e tu, che al momento sei solo brigadiere, ci vieni a lavorare nel pomeriggio. E visto che adesso siamo di pomeriggio potresti proseguire in quello che hai in mente di fare.»

«Mi sembra una buona idea», disse il brigadiere.

Così, salutando, il maresciallo se ne tornò a casa.

«Vaccaro!» chiamò il brigadiere.

«Comandi!» rispose l'appuntato, scattando sull'attenti davanti alla porta.

«Lo hai visto il maresciallo?»

«Quale maresciallo?»

«Quello vestito di nero!»

«Perché avrebbe dovuto essere vestito di nero?»

«Perché fa parte del romanzo nero», pensò senza dirlo a Vaccaro, che non era a conoscenza della logica dei colori rispetto ai romanzi. «Quindi non l'hai visto.»

«Oltre a lei e a me, oggi in caserma non è entrato nessuno. E quell'altro c'è da due giorni e chiuso in gattabuia sta facendo come una Maria.»

«Portamelo qui. Vediamo se due giorni di camera di sicurezza gli hanno sciolto la lingua.»

Vaccaro rientrò in compagnia di Picilli. Era pallido come la morte.

«Che faccio, vi lascio soli?» domandò il carabiniere.

«No, resta. Così mi aiuti a verbalizzare tutto quello che ora ci dirà questo signore.»

«Io non c'entro. Glielo posso giurare sulla buonanima di sua madre che io non c'entro», mugugnò Piccilli.

«Lascia stare mia madre», si disturbò il brigadiere.

«Io il morto manco l'ho visto. Io in campagna ero quando è successa la disgrazia. Se vuole se lo può fare confermare da Lo Vullo Giacomo, Giuliano Onofrio e Piraino Vito, che sono i miei vicini con i quali da tre giorni ci aiutavamo l'uno con l'altro per ripulire i terreni che ultimamente sono stati invasi dalle cavallette.»

«Allora perché l'altro ieri sei venuto in caserma a discolparti anche se nessuno ti aveva chiamato?»

«Perché lo dicono tutti che io sono l'amante di lei.»

«Il mio amante?»

«Di lei della Culotta.»

«Ah!» disse il brigadiere. E pensò: «Per questo a noi carabinieri poi ci mettono nelle barzellette».

«Anche se non sono il solo amante di quella donna.»

«Gli altri chi sono?»

«Tutti tutti non li conosco. Ma quando Carmelina mi vuole fare ingelosire, mi parla di uno in particolare.»

«E chi è questo?»

«È uno giovane, ricco e con una bella macchina Mercedes.»

«Conosci il suo nome?»

Picilli non se lo fece ripetere: «Certo. È il figlio dell'avvocato Caldara. Ora che ho detto la verità che fa, mi libera?»

Il brigadiere faticò per far capire a Picilli che non poteva tirarlo fuori dal caso con tanta facilità. Gli disse che avrebbe dovuto fare delle verifiche con i contadini che gli aveva indicato.

Visto che l'interrogato si era lasciato andare alla disperazione e non riusciva ad alzarsi in piedi, assieme all'appuntato Vaccaro lo sostenne pietosamente per riportarlo in camera di sicurezza.

4.

L'avvocato Caldara e il figlio Totò

Mimì Caldara si era dedicato alla professione di avvocato che gli consentiva una vita agiata, ricca, ma non condita di altrettanta serenità. Aveva cominciato a mettergliela in discussione il figlio Totò il giorno in cui, aspettandolo sotto casa, gli disse con aria agitata che aveva bisogno di parlargli.

«Dobbiamo ancora pranzare. Entriamo e mi dici tutto a tavola.»

«No, meglio in macchina. Sono discorsi di maschi. Non voglio che la mamma senta», aveva risposto Totò, indicando la Golf perennemente posteggiata sotto casa.

«Perché?»

«Non sono cose che si possono dire all'aperto.»

«Così grave è il discorso che mi devi fare?»

«Ti devo parlare da avvocato.»

Entrarono in macchina. L'avvocato schiacciò il sigaro che aveva in bocca nel posacenere già intasato, mentre, chissà perché, immaginò che il ragazzo gli dovesse confessare di avere messo incinta la fidanzata. I padri un po' lo temono e un po', sotto sotto, amano pensare che i figli maschi siano capaci di prodezze sessuali che perpetuino la memoria delle loro ormai lontane avventure rosa. Veloce di mente come era, pensò a un matrimonio riparatore, a una sobria cerimonia fuori dal paese e all'appartamento sfitto al secondo piano che avrebbe potuto essere arredato per farne il nido d'amore dei due colombi.

Mise in moto e partì.

Si fermò nel piano di Mandravecchia, uno spiazzo fuori dal paese delimitato da due lunghi muri cadenti e da alcuni alberi di olivo che l'incuria umana aveva ridotto in rinsecchiti fantasmi di legno. In fondo allo spiazzo una casetta di campagna, chiusa. Non lasciava prevedere presenze indiscrete.

«Il posto mi pare buono», disse Totò, che voleva proprio stare lontano dal mondo per affrontare l'argomento che gli opprimeva il cuore.

Il padre lo guardò preoccupato: «Che mi devi dire?»

«Ho sentito che è morto il marito della Culotta.»

«Morto? Lo hanno ammazzato. Tu che ne sai?»

«In paese ormai lo sanno tutti!»

«E perché sei così preoccupato?»

«Perché io la moglie la conosco.»

«In che senso la conosci?»

«In quel senso che pensi tu. Ogni tanto ci ho fatto cose.»

«E dove? A casa sua?»

«A casa sua no, ci vedevamo fuori. Certi pomeriggi lei prendeva l'autobus che va a Bonpensiere, scendeva alla fermata dello stabilimento, io l'aspettavo con la tua Mercedes e ce ne andavamo nella nostra campagna.»

«Cazzo!» commentò il padre che, per quanto ben portato a considerare la virilità del figlio, si trovava coinvolto in una vicenda nella quale credeva di essere entrato solo da avvocato. «Per questo ogni tanto mi chiedevi la macchina grande che teniamo nel garage?»

«Perché è più comoda e ha i sedili ribaltabili. Con la mia Cinquecento non sarebbe stata la stessa cosa», confermò Totò.

Anche se il momento tendeva al tragico, non si poteva negare che i sedili ribaltabili facilitassero le acrobazie sessuali dei giovani assatanati.

«Qualcuno ti ha visto mentre stavi nella Mercedes con la Culotta?»

«No, mai. Ci sono stato attento. L'unico che sospettava qualche cosa era un certo Picilli.»

«E tu come lo sai?»

«Me lo ha detto lei. Mi ha raccontato che quando lui tarda a darle i soldi, per tenerlo sulle spine gli dice che in paese c'è uno giovane che le piace, con una macchina di lusso meglio della sua, che è scassatissima e di seconda mano. E una volta gli ha fatto il mio nome.»

«Cazzo!» ripeté l'avvocato solo per mostrare stupore e non certo per fare riferimenti sconci. «Tu con questo Picilli hai mai parlato?»

«Lui mi ha parlato. Una volta. E mi ha detto che, se fossi passato vicino alla villetta della Culotta per pupiarmi con la Mercedes, mi avrebbe preso a coltellate.»

«E a giudicare da quello che è successo, lui potrebbe sapere perfettamente come si fa!» concluse Caldara. «Da quanto tempo dura la vostra storia?»

«Non è una storia. Al massimo ci saremo visti quattro volte.»

«Come vi siete conosciuti?»

«Lei ha incominciato. Quando la vedevo per la strada mi faceva cenni. Io non mi sono mai avvicinato. Poi un pomeriggio si è messa davanti al cancello con un numero di telefono scritto grande su un foglio bianco. Io sono andato al Caffè Moka e l'ho chiamata dal telefono a gettoni.»

«Lei sapeva chi sei, che sei mio figlio?»

«Certo.»

L'avvocato pensò: «Per questo oggi, quando mi ha incontrato, mi ha guardato in quella strana maniera».

Cercò di calmare il figlio che cominciava ad agitarsi, chiedendo se la donna gli avesse mai parlato del marito.

«Mi ha detto che lo odiava perché non lavorava, che dormiva fino a tardi e che tutto quello che serviva per la casa lo doveva racimolare lei o lavorando o facendo quello che faceva con Picilli per prendergli ogni mese la metà della pensione. Mi ha anche detto che l'aveva sposato perché l'aveva violentata quando era piccola e che anche per questo gli faceva le corna. Per vendetta.»

«E tu perché sei preoccupato?»

«Perché, se dice che è stata la mia amante, in qualche modo ci mette tutti nella merda.»

«Dove hai passato la mattinata?» chiese il padre.

«Al campo sportivo. Ho giocato a calcetto dalle otto e mezzo fino a mezzogiorno.»

«Chi ti ha visto?»

«Quelli che giocavano con me. C'era pure Ninì Amenta, il figlio del brigadiere.»

«Allora possiamo stare tranquilli. Il dottore Burgio ha detto che quel disgraziato è stato ammazzato tra le nove e le dieci. Però ascoltami bene. Ora, più che da padre, ti parlo da avvocato.»

«E io questo voglio.»

«Se qualcuno ti dovesse chiedere se tra te e la Culotta c'è stato qualcosa, devi negare fino all'impossibile. Devi dire che tu sei felicemente fidanzato.»

«E se quella racconta che siamo stati in campagna insieme?»

«Devi rispondere che vedendoti passare per la strada ha provato più di una volta a parlarti, ma che tu non le hai mai dato confidenza. E che se dice che avete trafficato lo fa per vendicarsi del fatto che tu l'hai schifata, però...»

«Però?»

«Se ti capiterà di fare cose con le femmine... parlane a tuo padre. Magari ti evito qualche altra cazzata.»

Totò abbassò il capo.

«Ricordale bene le cose che ti ho detto. Parola per parola. Mi raccomando.»

Suonando con insistenza il clacson della camionetta di servizio sulla quale si trovata in compagnia di un uomo con una coppola calata sugli occhi, il maresciallo Sconci si accostò alla Golf dell'avvocato Caldara e gli chiese senza tanta cordialità di lasciare lo spiazzo perché doveva fare un sopralluogo.

«Lei è della tenenza di Cammarata?» chiese l'avvocato, che in paese non lo aveva mai visto.

«No, di qua sono», precisò il maresciallo.

«E come mai fino ad ora non ci siamo mai incontrati?»

Alle domande dell'avvocato, il maresciallo si vide costretto a spiegare la storia del doppio romanzo. Gli parlò dell'Autore, dei due racconti nei quali si era avventurato e della ragione per la quale protagonisti in abito bianco come il suo e altri in abito nero di tanto in tanto si incontravano.

«Adesso io sono qui perché c'è stata una strana morte e devo fare un sopralluogo in quel casale.»

«Mi deve scusare», disse l'avvocato.

Totò guardava gli occupanti della camionetta piuttosto sorpreso. Notava soprattutto la foggia e il colore del povero vestito dell'uomo con la coppola.

«Chi sono quelli?» domandò Totò. «E com'è vestito quell'uomo? Tutto marrone, con le righe nere...»

«Lascia perdere, è gente che fa parte di un altro romanzo. Quelli sono i vestiti che si usavano negli anni Cinquanta.»

Totò non capì. Ma era così preso dai suoi problemi che andare a impicciarsi di altre storie decisamente non lo interessava.

«Buon lavoro, maresciallo», disse l'avvocato. Mise in moto e andò via.

«Tirati su questa cavolo di coppola e guardami negli occhi», disse il maresciallo a Nitto Caputo, l'uomo che gli sedeva accanto. «È vero o non è vero che ultimamente avevate avuto da dire perché Midulla aveva spostato i paletti del confine pigliandosi cinquanta centimetri per tutta una miserabile lunghezza di cinquanta metri?»

«E vossia che dice, che per mezzo metro di terra uno ammazza un vicino? Aspettassi. Una cosa ci voglio dire...»

Il maresciallo non gliela fece dire e spiegò: «Per mezzo metro di terra non si ammazza una persona. Ma quando si comincia a litigare, e il sangue sale alla testa, indipendentemente dalla ragione della lite, può succedere di tutto. E ora te lo dico io quello che è successo. Tu hai chiamato Midulla qua dentro per dirgli di spostare i paletti, lui si è rifiutato e avete cominciato a litigare».

«Ma quel bastone non è mio.»

«Certo. È un bastone da pecoraio e perciò era suo. Solo che tu glielo hai tolto dalle mani e glielo hai dato in testa.»

«Se lei dice che è morto bastonato, io non la posso contraddire. Però magari si è sciarriato con qualcun altro.»

«E perché giusto qua dentro si doveva venire a sciarriare?»

«Vede, signor maresciallo, quella casa è l'unico posto con un tetto che c'è in tutta la zona. Ha sempre la porta aperta perché, a parte la brandina, un tavolino, due sedie e quattro piatti, non c'è niente da rubare. Quando piove, se qualcuno passa là vicino, lo sa che può entrare per ripararsi. E ieri e l'altro ieri ha piovuto. Vossia lo ha visto che la stradella è ancora piena di fango. Forse per questo, Midulla può essere entrato nella stanza.»

«E la sciarra?»

«La lite, dice? Se sciarra c'è stata, vuol dire che non si è voluto sciarriare sotto l'acqua.»

«Ho capito. Vediamo se una notte a pane e acqua ti scioglie la lingua...» disse il maresciallo Sconci, impegnandosi in una frase comune ai militari che comandavano la caserma di Mastroianni.

«Ma io ci volesse dire...»

«Niente hai da dire, signor Caputo!» disse il maresciallo e partì alla volta della caserma dove avrebbe rinchiuso il poveraccio in camera di sicurezza.

5.

Lascia o raddoppia

Al centro della sua libreria, l'avvocato Caldara aveva messo una bella targa di ottone con la scritta: «Libri non ne presto. Tutti quelli che vedete mi sono stati prestati».

Col solito mezzo toscano in bocca, stava mettendo a posto una copia del *Dottor Zivago* che aveva estorto al cancelliere Palumbo, grande appassionato di letteratura russa. Sentendo il trillo di un vecchio telefono che proveniva dallo stanzino nel quale erano accatastati una serie di martelli, una cassetta piena di chiodi, un giradischi fuori uso e alcune cartelle di vecchie cause passate in giudicato, aprì la porta e da sotto una quantità di vecchi giornali, che ancora non aveva frazionato per usarli da carta igienica, tirò fuori uno di quegli apparecchi della SIP che da anni erano stati messi da parte perché superati dalle nuove tecnologie.

L'apparecchio era staccato, lo spinotto non era collegato ad alcuna presa. Eppure squillava.

Sollevò la cornetta: «Pronto?»

«È lo zero, nove, due, due, nove, uno, sei?» fece una voce dall'altra parte.

«Sì», rispose l'avvocato. «Ma lei chi è?»

«Sono Bettetini, chiamo da *Lascia o raddoppia*.»

«Da dove chiama?»

«Da *Lascia o raddoppia*.»

«La trasmissione televisiva?»

«Esattamente. Dalla redazione di Milano.»

«*Lascia o raddoppia* non è finita cinquant'anni fa?»

«Ma cosa dice? Siamo appena alla ventiduesima puntata.»

L'avvocato Caldara si avventurò in una domanda che aveva una logica solo se rapportata all'intreccio di storie che sapeva di stare vivendo: «Mi scusi, ma lì, a Milano, in che anno siete?»

«In che anno dobbiamo essere? Perché non guarda il calendario? Oggi è il 20 aprile del 1957.»

«Vabbè, vabbè», tagliò corto l'avvocato. «Lasci stare la data. Perché sta chiamando questo numero?»

«A noi risulta essere il numero del professore Caldara Alfonso, che ha fatto domanda per partecipare al nostro programma come esperto di musica classica.»

«Il professore Caldara Alfonso era mio nonno!»

«Benissimo. Dopo che è caduto il professor Degoli per una risposta sbagliata sul controfagotto, stiamo cercando un altro concorrente esperto di musica classica. E il signor Pasquale è l'unico che si è proposto sulla materia. Me lo può passare?»

«Certo, era esperto di musica classica. Ho ancora da parte tutti i suoi trentatré giri. Però le ho detto che *era* mio nonno. Era, nel senso che è morto!»

«Mi dispiace! Condoglianze.»

«Grazie, ma è morto più di quarant'anni fa. Adesso mi scusi ma ho altro da fare», rispose l'avvocato Caldara. E riattaccò.

Rientrò nello studio mentre la cameriera faceva accomodare il brigadiere Amenta.

«Buongiorno, avvocato.»

«A che devo l'onore?»

Trillò di nuovo il telefono che stava nello sgabuzzino.

«Vada, vada pure a rispondere», disse cortese il brigadiere.

«No, grazie. Saranno di nuovo quelli di *Lascia o raddoppia*», disse l'avvocato.

«Di *Lascia o raddoppia*?» chiese il brigadiere, che per professione indagava anche sulle cose meno importanti.

«Ah, lei non lo può sapere. Ma in questo periodo sta succedendo una cosa strana. Un Autore si è messo a scrivere due romanzi contemporaneamente e ogni tanto i personaggi di una storia si incrociano con quelli delle altre.»

«Lo so bene. Anche io ho già incontrato qualcuno che fa parte di un altro romanzo. Un maresciallo.»

«Il maresciallo Sconci?»

«Quello. Poveraccio, sta indagando su un caso che è un bel rompicapo. Un morto, con la testa fracassata da una bastonata e appeso a un chiodo per simulare il suicidio.»

«Se è per questo, quanto a rompicapi non ci possiamo lamentare nemmeno noi. Anche noi abbiamo il nostro bel morto non si sa come e accoltellato da chi alle spalle», fece l'avvocato spargendo nell'aria una nuvola di fumo che ammorbò la stanza.

«Proprio per quel morto sono qui da lei.»

«E perché?» disse deliberatamente vago l'avvocato, che quella visita se l'aspettava.

«Perché quel Tano Picilli che abbiamo fermato in quanto amante della vedova, ha detto che un altro amante della Culotta è suo figlio Totò.»

«Ah, no», disse Caldara, ostentando una tranquillità che non aveva. «Totò è troppo un bravo ragazzo. Con donne di quel tipo non può avere avuto a che fare.»

«È sicuro?»

«Come la morte», rispose l'avvocato non tenendo conto che già di un morto si stava parlando.

«Potrebbe spegnere il sigaro?» chiese il brigadiere a Caldara che, proprio perché era solito tenere pendente un mezzo toscano alla sinistra della bocca, non a caso amici e conoscenti chiamavano Sicarro.

L'avvocato fece un altro ammorbante tiro, spense il mezzo toscano e chiamò: «Totò... Totò!»

Dopo un attimo il figlio si presentò nell'ufficio.

L'avvocato lo guardò con intenzione: «Siedi. Il brigadiere vorrebbe sapere se conosci la moglie dell'uomo che è stato ammazzato questa mattina».

«Perché dovrei conoscerla?» disse sicuro, assecondando i suggerimenti che il padre gli aveva dato qualche ora prima. «Se devo dire la verità, lei avrebbe voluto conoscermi. Lo avevo capito perché quando mi vedeva passare per la strada ha provato più di una volta a parlarmi, ma io non le ho mai dato confidenza.»

«Tano Picilli ha detto che la Culotta gli ha parlato di te.»

«Forse per farlo ingelosire. E anche per vendicarsi del fatto che tutte le volte che l'ho vista mi sono sempre girato dall'altra parte perché lo sapevo che donna era.»

«E secondo te che rapporti ha con il signor Tano Picilli?»

«Si sa che sono amanti. E anzi una volta proprio lui mi è venuto a dire che non dovevo passare mai vicino alla villetta della Culotta con la macchina di mio padre.»

Sicarro confermò la nomea: accese un nuovo mezzo toscano e domandò teatralmente al figlio: «E tu che hai fatto?»

«Io sono felicemente fidanzato con una ragazza che amo come i mei occhi. Figuriamoci se mi immischiavo con quella gente. Non sono più passato.»

«Bravo, così si fa», concluse il brigadiere. «Se vuoi te ne puoi andare.»

Mentre il ragazzo lasciava la stanza, il brigadiere precisò: «In ogni caso sul suo ragazzo non ci sono mai stati dei sospetti. Sapevo già da mio figlio che quella mattina Totò si trovava al campo sportivo. Se fosse stata vera la storia con la Culotta, avrei voluto sentirlo solo per avere qualche altra informazione sulla donna».

«E invece, come lei ha sentito, lui non la conosce nemmeno.»

Il brigadiere si complimentò: «Quando i ragazzi crescono in famiglie come le nostre non cadono in certe trappole».

«Grazie», fece l'avvocato. E generosamente attribuì a sua moglie le virtù di Totò: «Ad onor del vero è la madre che lo ha educato così bene».

«Me la saluti», concluse il brigadiere congedandosi.

Nel camerino tornò a suonare il vecchio telefono della SIP.

«Lo so, lo so. Siete quelli di *Lascia o raddoppia*. Però adesso mi sto proprio rompendo le scatole», urlò l'avvocato al quale la storia del figlio aveva fatto saltare i nervi.

Andò nel camerino e afferrò il telefono. Poiché la finestra che aveva davanti si apriva su un pozzo luce non frequentato, si affacciò e lanciò nel vuoto l'apparecchio tirandogli dietro il mezzo toscano ancora fumante.

Il telefono continuò a trillare finché non si schiantò al suolo.

6.

Giovannino da padre Vasta

Padre Vasta, parroco di Gesù e Maria, soffriva di insonnia. Per questa ragione quasi tutte le mattine, intorno alle cinque, ancora col buio nei mesi invernali, era solito raggiungere la chiesa che si trovava quasi fuori paese e, in attesa delle prime fedeli, si chiudeva in sagrestia per leggere e rileggere le pagine del breviario che ormai conosceva a memoria.

Quella mattina di febbraio trovò davanti al portone ancora chiuso Giovanni Nocera, un trentacinquenne impiegato comunale da tutti conosciuto come Giovannino.

«Che ci fai qui a quest'ora?» chiese sorpreso il parroco.

«Ho bisogno di confessarmi. E ho scelto lei che fa questi orari perché così non mi vede nessuno. Quello che le devo raccontare è delicatissimo», tenne a precisare Giovannino, spingendo padre Vasta dentro la chiesa. E per confermare la delicatezza dell'argomento si chiuse la porta alle spalle.

«Mettiamoci qui», disse il prete sedendo a uno degli ultimi banchi senza nemmeno raggiungere il confessionale. «Non c'è bisogno che ti inginocchi. Tanto non c'è nessuno. Siediti accanto a me e parla. Che è successo?»

«Vossia lo sa che a Castroianni c'è stato un delitto?»

«Certo. A Mandravecchia.»

«Io quel giorno mi trovavo nello spiazzo.»

«E cosa ci eri andato a fare?»

Trovandosi davanti a un prete, Giovannino si espresse come ci si esprime quando ci si trova davanti a un prete: «Ero andato a commettere atti impuri».

Padre Vasta fece la domanda che era solito fare in quei casi: «Da solo o in compagnia?»

«In compagnia. Le pare che, se avessi sentito il bisogno di commettere atti impuri da solo, sarei andato a commetterli fuori casa?»

Il prete dovette ammettere che la risposta aveva una sua logica.

«C'ero andato con la mia Seicento multipla e a un certo punto ho visto uno che usciva dalla casetta. Anche se c'erano i finestrini chiusi ho sentito che bestemmiava ad alta voce, perché aveva dato una testata a uno degli alberi che si trovano vicini alla porta.»

«E perché sei venuto da me?»

«Perché voglio aiutare la giustizia a prendere quell'assassino.»

«Vai dai carabinieri.»

«Non ci posso andare. Vossia lo sa tutto quello che io ho alle spalle, vero?»

Il prete non disse né sì né no. Si limitò ad annuire. Anche lui sapeva quello che si diceva di Giovannino.

«La gente pensa che quello che ho fatto era una cosa giusta e per questo nessuno ha mai parlato. Ma i carabinieri, che fanno il loro mestiere, aspettano che io faccia uno scivolone. Se ora vado in caserma a dire che ero presente in un luogo in cui è stato commesso un delitto sul quale nessuno sa ancora niente, magari dicono che sono stato io, mi prendono e così mi fanno pagare il conto dell'altra cosa.»

Una storia vecchia, quella di Giovannino, della quale al paese tutti avevano memoria, ma sulla quale nessuno aveva mai voluto testimoniare.

7.

Gisimunnu

Quando, con due colpi di pistola alle spalle, gli avevano ammazzato il padre Ruardo, Giovannino aveva cinque anni. Ed era stata una cosa orribile. Lo aveva visto steso a terra, con gli occhi ancora aperti a guardare in alto.

Gli avevano sparato in piena piazza, di sera, con i lampioni accesi da poco, e una luce gialla, corta, che faceva fatica a raggiungere la gente e le cose. Era la fine dell'estate. Nessuno aveva visto né sentito niente. Forse perché, per fermare il caldo, le finestre erano tutte serrate. E le poche rimaste aperte, dopo il secondo colpo di pistola, erano state chiuse di botto.

Come se ai colpi che avevano steso Ruardo se ne fossero aggiunti altri. In sequenza. Facendo un frastuono terribile che aveva coperto il nome dell'uomo che aveva sparato.

E dire che Ruardo, prima di spirare, prima di dargli del «figlio di buttana!», quel nome lo aveva gridato. I pochi che si lasciarono andare a qualche ammissione, dissero che avevano sentito solo gridare: «Figlio di buttana!» Il nome no. Non lo avevano sentito.

E pure Ruardo lo aveva gridato forte. A pieni polmoni.

Ruardo era la sicilianizzazione del più continentale Eduardo e in paese la sua voce la conoscevano tutti.

Quando al campo sportivo di Malvello si giocavano le partite di calcio, se i tifosi dissentivano con le decisioni dell'arbitro, puntavano gli occhi addosso a Ruardo perché con la sua voce potente ne gridasse il cognome.

La tifoseria avrebbe aggiunto in coro: «Figlio di buttana!»

In quei casi, e la spianata era enorme, la sua voce la sentivano tutti. Stavolta, Ruardo il cognome dell'uomo che lo aveva ammazzato lo aveva gridato in una piazza piccola, chiusa tra quattro palazzi. Eppure, nessuno lo aveva sentito.

Giovannino, che stava giocando dietro al monumento, era corso dal padre dopo il secondo colpo di pistola. Non aveva visto l'uomo che scompariva correndo nella piccola discesa che portava fuori paese. I primi accorsi sul posto non riuscivano a staccarlo da Ruardo, al quale Giovannino, con una voce straziata continuava a gridare: «Svegliati, svegliati». Poi erano arrivati i carabinieri e poi l'arciprete con il sagristano Tatano, che gli aveva dato il secchiello dell'acqua benedetta da spargere sul morto. E finalmente qualcuno, abbracciando Giovannino, era riuscito a portarlo via.

Da quel giorno Giovannino volle sempre vestire di nero. Come la madre.

Cresceva standosene da solo a leccare mezzo limone che portava sempre in tasca.

Non parlava con nessuno. Solo un poco col maestro Cannella, che lo seguiva dalla prima elementare, e con un cinquantenne che in occasione della disgrazia si era dimostrato molto solidale con la famiglia. Lo conoscevano tutti come il signor Piparo. Il nome, Sigismondo, richiamava lontane origini continentali. A Castroianni lo avevano trasformato nel siciliano Gisimunnu. Così lo chiamavano. Ma per Giovannino sarebbe sempre stato il signor Piparo.

Tra i suoi coetanei, Giovannino, aveva un solo amico: Vittorio Landro. Da sempre suo compagno di banco.

Un giorno, avevano entrambi dieci anni e ancora i pantaloncini corti, Giovannino lo invitò nello stanzino a piano terra che odorava di olio e di legna secca da ardere e che sua mamma chiamava «la camera vecchia». Tirò fuori un bombardino di ottone che teneva avvolto in una coperta.

«Lo vedi?»

«Certo che lo vedo.»

«Ti piace?»

«Certo che mi piace. È bello lucido.»

«Lo aveva fatto arrivare da Palermo iddu! Due giorni prima del fatto.»

Iddu, lui! Era il modo in cui, dal giorno del delitto, aveva preso a chiamare suo padre. Non «me patri», mio padre. *Iddu*. Lo sentiva più suo. E quell'omicidio, l'evento che gli aveva scombinato la vita, per lui era «il fatto».

«Iddu sapeva che mi piaceva la musica e voleva farmi entrare nella banda comunale con questo bombardino. Che però non ho usato mai. Senza di iddu, che ci andavo a fare in mezzo alla musica?»

«Ragione hai.»

«Se mi prometti che impari a suonarlo, te lo regalo. E ci vai tu a suonare nella banda al posto mio.»

«E tua madre che dice se lo fai uscire di casa per darlo a me?»

«Mia madre deve fare cose di femmine! Queste sono cose di maschi. E le cose di maschi a casa mia le devo fare io. E le farò!»

Si avvicinò a Vittorio e gli disse all'orecchio qualcosa che non era un pensiero di bambino. Vittorio ebbe i brividi.

Spinse il bombardino nelle mani dell'amico. «È un segreto che sai solo tu. Gliel'ho promesso a iddu quando l'ho lasciato a terra dietro il monumento. Giurami che su questo segreto non mi tradirai mai.»

«Te lo giuro. Te lo giuro sul bombardino!» disse Vittorio. Strinse al petto lo strumento e infilò la porta piccola che dava su via Scarpello, per avviarsi nel vicolo che portava verso casa sua.

Da quando gli avevano ammazzato il padre, ed erano passati ormai quasi otto anni, il primo mezzo sorriso Giovannino se lo lasciò scappare il giorno della festa della Vergine Annunziata.

Nella prima fila della banda comunale, dietro alla statua col manto azzurro che veniva portata in processione, Vittorio, tutto fiero, suonava il bombardino.

Giovannino, dritto come un uomo grande sul marciapiedi, davanti al circolo degli artigiani, portava ormai i pantaloni lunghi di un vestito sempre nero. Aveva in mano come sempre il mezzo limone, che non leccò per rispetto della processione.

La statua della Madonna Annunziata era portata a spalla dai minatori con gli elmetti in testa. Quella festa era l'unica occasione nella quale l'arciprete consentiva ai minatori, tutti comunisti, e in quanto tali per lui atei e scomunicati, di accostarsi alla chiesa e ai santi. Con lo stesso sguardo del giorno in cui gli aveva regalato il bombardino, Giovannino confermò all'amico il giuramento che aveva fatto al padre e che continuava a tenere stretto nel cuore.

Il signor Piparo, che gli era accanto, colse l'intesa tra i due coetanei e ne fu contento: «Bello è che siete tanto amici. Un amico giovane sempre ci vuole».

Lui sapeva di essere l'unico amico di maggiore età di Giovannino con il quale condivideva spesso lunghe, silenziose passeggiate. Era il suo modo di essere presente nella vita di quel ragazzo che cresceva in solitudine leccando mezzo limone.

Quando Giovannino diventò maggiorenne, il signor Piparo aveva superato da poco i cinquant'anni. Cinquant'anni di allora erano tanti. Gli uomini sembravano molto più anziani.

Anche Giovannino, con la faccia triste che aveva, sembrava più grande. Era diventato un bravo fabbro. Faceva certe inferriate che nemmeno a Palermo.

La morte del padre era lontana. Ma lui continuava a vestire di nero e a portare in tasca il mezzo limone che la madre, accanto alla tazza del latte e caffè, gli faceva trovare ogni mattina sul tavolo della cucina avvolto in un fazzoletto di seta.

Solo Vittorio sapeva che Giovannino leccava quel limone per tenere vivo l'acido che aveva nell'anima. Ma non era questo il segreto che gli aveva confidato quel giorno nella camera vecchia. Questo glielo aveva detto quando, per consacrare i ventun anni, erano andati a Palermo al casino di piazza Marina, dove facevano entrare solo se si mostrava la tessera che attestava la maggiore età.

Il signor Piparo in piazza Marina, a Palermo, non c'era stato mai. Si compiacque molto del viaggio di Giovannino e si augurò avesse fatto buona figura. Cosa che Giovannino confermò con un cenno della testa.

Per festeggiare l'avvenimento, il signor Piparo avrebbe voluto regalargli una penna d'oro che certi suoi parenti gli avevano mandato dall'America. Era una di quelle penne che si mettevano in mostra la domenica per fermare il fazzoletto che sporgeva dal taschino della giacca buona.

Giovannino non accettò: «No, questo no. È troppo. Mi basta l'amicizia che vossia in questi anni mi sta dando».

Amicizia che il signor Piparo non dispensava ad altri. Per mestiere prestava soldi, a tassi non altissimi, ma comunque al limite dell'usura. Forse per questo non frequentava suoi coetanei.

Non si era mai sposato perché le donne che avrebbe voluto come mogli o erano già sposate con altri o lo avevano rifiutato. Questi precedenti, e chissà quale altro piccolo segreto che non si riusciva a conoscere, ne avevano fatto un uomo chiuso, strano, poco espansivo. Diffidente.

Con Giovannino ormai maggiorenne si era lasciato andare a qualche confidenza. A ricasco della storia delle case di tolleranza, aveva ammesso qualcosa che non avrebbe mai detto a nessun altro. Ammise di avere problemi con la prostata.

Giovannino si lasciò andare anche lui. E per confortarlo gli disse che aveva saputo da Tatano, il sagrestano diventato ormai vecchiotto, che anche l'arciprete la prostata ce l'aveva da una vita.

«Ma tanto... l'arciprete che se ne deve fare dello strumento», aveva controdedotto il signor Piparo.

Giovannino aveva allora ribattuto citando don Pasquale Severino, che a ottant'anni, e con la prostata, si diceva non perdesse botta con le figlie dei contadini sulle quali, per tradizione antica, continuava a esercitare lo *ius primae noctis*.

Piparo ci prese gusto: «Forse prende qualche pastiglia che combatte la prostata».

«No», lo tranquillizzò Giovannino, che aveva saputo il pettegolezzo dal suo amico Vittorio Landro, vicino di campagna di don Pasquale. E, per spiegare che le funzioni più impegnative si possono assolvere anche a prostata trionfante, concluse: «Gli basta qualche stravaganza».

«Per esempio?» chiese il signor Piparo, ormai entrato in pieno nel pettegolezzo.

«Dice che riceve le ragazze in una stalla e che, dopo averle fatte spogliare, accende un poco di paglia bagnata che le affumica. Dice che quell'odore, misto a quello proprio delle ragazze, ha la meglio sulla prostata e sugli ottant'anni.»

Risero insieme. Per la prima volta da quando si conoscevano.

Quella sera, tornando a casa, pensò che forse Giovannino gli era davvero amico. Pensò che fosse anche arrivato il tempo di invitarlo in una di quelle osterie nelle quali era solito passare i fine settimana.

Le chiamavano «ramuzze». Dove per ramuzze si intendevano dei piccoli rami di alloro che, legati a una bottiglia di gazzosa piena di vino rosso ed esposti sulla porta di stanze maleodoranti, erano il ritrovo di vecchi ubriaconi o sbandati solitari. La ramuzza preferita dal signor Piparo stava, defilata, all'ingresso del paese. In via Genuardi e Grassellini. Ed era gestita dalla 'gna Concettina, una bella donna grassa rimasta vedova in giovane età, che compreso nel prezzo di un bicchiere di rosso offriva alla clientela più affezionata una scaglidda di pecorino e due sarde salate. Al signor Piparo la 'gna Concettina riservava sempre lo stesso posto isolato, all'angolo, in fondo alla stanza, con le spalle contro il muro. Piparo lo preferiva perché poteva controllare chi e cosa gli stava davanti. Si sentiva al sicuro.

Giovannino e il signor Sigismondo cominciarono così a incontrarsi dalla 'gna Concettina. Un lunedì, giorno in cui le ramuzze restavano praticamente vuote perché nel fine settimana i beoni avevano esaurito i fondi, Giovannino chiese al signor Piparo se voleva passare la serata dalla 'gna Concettina in compagnia del suo amico Vittorio.

Al signor Piparo sembrò una buona idea.

Arrivarono che si erano già fatte le nove. C'era buio perché era inverno e le strade erano vuote.

La 'gna Concettina, che stava per chiudere per mancanza di clientela, li accolse con gioia e fu prodiga di scaglidde e di sarde salate.

A un certo punto Giovannino guardò l'amico. Nei suoi occhi corse lo sguardo di quel giorno in cui, nella camera vecchia, gli aveva confidato il suo segreto. Vittorio si alzò per andare via. Stavolta sorrise: Giovannino stava per mantenere la promessa che aveva fatto a iddu.

«Com'è che te ne vai?» chiese il signor Piparo.

«Niente... Sto pensando che mia madre è da mia nonna ed è meglio che la riporto a casa prima che si faccia troppo tardi.»

Andò via.

Il signor Piparo puntò la seconda sarda salata: «Io qua ci vengo ogni tanto perché sono solo... A casa non ho una persona che mi cucina. Tu ci devi pensare a queste cose. Un uomo a una certa età si deve sposare. Perché se no poi si resta soli».

Indicò la 'gna Concettina che, per quanto grassa e avanti negli anni, si muoveva tra i tavoli con una certa agilità: «Le donne, da sole, si sanno adattare. Cucinano, lavano, stirano... Tutte cose fanno. Un uomo no. Lo vedi come si riduce?» Indicò il colletto della sua camicia, obbiettivamente disastrato.

Giovannino notò che, sotto l'effetto del secondo quartino, il signor Piparo si stava commiserando.

La corrente era andata via, come ogni tanto succedeva nelle sere di pioggia. E di taglio, la luce del lume che la 'gna Concettina aveva messo sul tavolo accanto, rendeva ancora più tragica la maschera di un uomo che non si era mai fidato di nessuno, che non si era mai fatto avvicinare da nessuno e che, chissà perché, adesso si stava confidando con un ragazzo di ventun anni.

«Tu non devi fare le fissarie che ho fatto io... Ti devi sposare.»

«Certo, certo... Già ho adocchiato una ragazza che mi piace...» E poi, dandogli improvvisamente del tu: «Come a tia ti piaceva mia madre. Che non potevi sposare perché era già sposata con mio padre. E che però, anche se a mio padre qualcuno lo ha levato di mezzo, ti ha rifiutato lo stesso».

«Ma che stai dicendo?»

Giovannino lo spinse contro il muro.

Quello che era stato il signor Piparo era uno straccio di uomo che si faceva coraggio morendo di paura: «No, no».

«A Gisimunnu, Gisimunnu!» gli disse Giovannino.

Lo chiamò a bassissima voce col nome che suo padre aveva gridato dietro al suo assassino dandogli poi del «figlio di buttana». Gisimunnu sentì qualcosa di metallico e di freddo sul fianco sinistro.

Inutilmente invocò pietà con uno sguardo che si spense sotto i due colpi di pistola che seguirono.

«Gisimunnu!» ripeté ancora Giovannino. «Figlio di buttana!»

Il frastuono che fece il tavolo contro il quale Gisimunnu scalciò prima di cadere a terra ovattò il rumore in parte già ovattato degli spari a bruciapelo.

Quando i carabinieri arrivarono, la 'gna Concettina disse che il signor Piparo si era sentito male. In effetti, con tutto quel sangue sparso contro la parete non si sarebbe potuto dire che stesse bene.

«Ma chi c'era con lui?» chiese un carabiniere.

«Nessuno. Solo era. E quando si è sentito male io ero sotto a prendere un altro boccale di vino.»

Essendo un lunedì, nella ramuzza i clienti non si accalcavano. Furono fatte delle indagini, vennero interrogati i vicini di casa della 'gna Concettina. Nessuno aveva visto o sentito.

Esattamente come quella sera in cui qualcuno aveva ammazzato Ruardo.

8.

Padre Vasta in caserma

Con fare paterno padre Vasta poggiò un braccio sulla spalla di Giovannino. «Per penitenza dirai tre pater, tre ave e tre gloria per le cose vastasate che hai fatto. La faccenda del delitto non è una confidenza. Perciò non richiede altre penitenze. Però la raccolgo come confessione per poterla mantenere segreta.»

«Grazie.»

«Adesso che non si è ancora fatto giorno, torna a casa subito così non ti vede nessuno.»

«Vado, vado», disse Giovannino alzandosi.

«Andrò in caserma stasera stessa», disse padre Vasta. E chiuse il discorso con un'altra frase di repertorio: «Comunque un poco vastaso sei stato».

«Mi benedica», disse grato Giovannino avviandosi ad uscire.

Era un tardo pomeriggio. Il maresciallo Sconci stava dritto davanti al portone della caserma.

«Il pomeriggio oggi me lo sono preso libero», gli disse il brigadiere Amenta passando con la camionetta. «Perché non ti godi il caldo del nostro ufficio?»

«Sto aspettando padre Vasta. Mi ha mandato a dire che mi vuole parlare ed essendo un prete mi pare giusto accoglierlo al portone.»

«Bravo. Vedo che quando vuoi le buone maniere le sai usare.»

«Eccolo. Vieni che te lo presento.»

Per non esporsi a un altro incontro imbarazzante, il brigadiere preferì proseguire. «No, no. Devo arrivare in comune prima che chiudano, per ritirare certi documenti.» Accelerando, scomparve dietro l'angolo.

«Baciolemani», disse il maresciallo a padre Vasta. Aprì il portoncino e, facendogli strada, lo fece accomodare nell'ufficio.

«Anche vossia fa parte del romanzo nero, vero?» chiese, dopo averlo squadrato bene e indicando l'abito nero.

«Non capisco la domanda», disse allora il prete stupito. «Questo è l'abito dei preti.»

Mentre il prete si accomodava, il maresciallo domandò ossequioso: «In cosa posso servirla?»

«Sono qui perché mio malgrado mi trovo coinvolto in un delitto.»

«Ha ammazzato qualcuno?»

Padre Vasta, solitamente affabile, si risentì: «Ma che dice? Io non ammazzo nessuno. Sono venuto a conoscenza del delitto che è stato commesso a Mandravecchia».

«E allora?»

«Ho parlato con uno che pensa di avere informazioni che vi possono essere utili!»

«È chi è questo signore?»

«Non posso dirglielo. Ho ricevuto la sua confidenza in

confessione. È venuto da me perché sia io a dirvi quello che ha visto.»

«E perché non è venuto personalmente?»

Padre Vasta conosceva le vere ragioni per le quali Giovannino aveva deciso di non esporsi. Ma mentì: «Non lo so. Forse perché pensa che l'assassino, sapendo che è venuto a trovarvi, per togliere di mezzo un testimone oculare possa ammazzare pure lui».

«Insomma, cosa le hanno detto?»

«Mi hanno detto che, il giorno in cui è successo il delitto, questa persona, trovandosi per caso in macchina da quelle parti, ha visto uno che, uscendo di corsa da una specie di casolare, ha dato una testata a un albero che si trova vicino alla porta, si è messo a bestemmiare con una voce grossa e rauca e poi è scomparso in una stradella.»

«Tutto qui?»

«No. Mi hanno detto anche che l'uomo era basso, grasso, con la testa pelata piantata sul collo e che, per come lo ha visto correre, non doveva essere tanto vecchio.»

«Che faccia aveva?»

«Questo non lo sapeva nemmeno lui perché lo ha visto di spalle.»

Il maresciallo ritenne le informazioni sufficienti. Liquidò il prete e incaricò l'appuntato Verna di andare in giro per il paese a individuare quante più persone poteva che fossero grasse, basse, con la testa piantata sul collo e senza capelli. E di convocarle per l'indomani mattina in caserma.

«Non possiamo cominciare a vederle di pomeriggio? Se facciamo la mattina, come preavviso è poco.»

«Meglio di mattina», ribadì il maresciallo al carabiniere, che non conosceva gli accordi che il suo superiore aveva preso con il brigadiere Amenta nell'uso della caserma.

Mentre Verna si allontanava, Sconci raggiunse la camera di sicurezza. Le tre mandate svegliarono Nitto Caputo, un poveraccio che in mattinata avevano fermato per un sospetto e che, per il pianto e la stanchezza, sonnecchiava steso a terra su un paglericcio.

«Vieni con me», disse. Stavolta meno burbero del solito.

Raggiunta la sua stanza, lo fece sedere e domandò: «Dove sei stato tu nei giorni precedenti all'ammazzatina di Midulla?»

«All'ospedale.»

«Quello di Agrigento?»

«Nonsi. In quello di Palermo, perché dice che ad Agrigento per me non c'era posto.»

«E che ci facevi all'ospedale?»

«Io niente. Tutte cose loro fecero. I medici e gli infermieri che mi operarono perché avevo una lucciola traforata.»

«Un'ulcera perforata.»

«Questa che dice vossia. Ci sono stato tutta la settimana. Poi mi fecero uscire, giusto ieri di sera, anche se ero ancora addolorato perché dice che avevano bisogno del mio posto letto che ci dovevano mettere un malato più malato di me.»

«Quindi tu non eri in paese quando diedero la bastonata in testa a Midulla.»

«Certo che no. Ancora nello spedale ero.»

«E perché questo non me lo hai detto subito quando ti ho interrogato?» disse il maresciallo, scaricando sul disgraziato la colpa dell'errore nel quale era incorso.

«Ho cercato di dirlo. Ma quando io dicevo che avevo una cosa importante che ce la dovevo raccontare vossia mi ripeteva di stare zitto e che le cose che stavo dicendo erano tutte fesserie.»

«Puoi andare», fece magnanimo il maresciallo. E lo accompagnò fin sotto il portone.

Erano le sette del mattino quando cominciò la sfilata dei castroiannesi grassi, bassi, con la testa piantata sul collo e calvi. C'era una fila che non finiva più. I primi tre vennero esclusi perché non sufficientemente grassi. Altri vennero liquidati perché, pur essendo bassi e grassi, avevano una capigliatura più folta di John Travolta.

Dopo ore di entra ed esci, come unico indiziato rimase Turiddu Giacalone detto Malanasca. Basso, grasso, zucca calva piantata sul collo e voce rauca da dare il voltastomaco.

Trovandoselo di fronte, il maresciallo desunse che il soprannome gli venisse dal nasone schiacciato.

«Com'è che ti è venuto quel naso?»

«Che vuole? Da bambino mi ridevano tutti perché ero basso e grasso. Io mi arrabbiavo e quella volta che siamo venuti alle mani col figlio del macellaio Cicero ho preso un pugno che mi ha deformato per tutta la vita. Ma io buono sono. Poi non ho più fatto a legnate.»

«Senti una cosa: dove ti trovavi lunedì scorso nel pomeriggio?»

«Campagne campagne, con Giacomina. Che stare nel paese con le persone a me non mi piace.»

«Chi è Giacomina?»

«La mia pecora.»
«Perché, che lavoro fai tu?»
«Pecoraio sono.»
«E quante pecore hai?»
«Una. Giacomina.»
«Quando porti al pascolo Giacomina, in quali campagne vai?»
«A Santa Croce, a Ruvetto e alla Vallata...»
«A Mandravecchia ci vai?»
«Mi pare che qualche volta ci sono arrivato.»
«Ora devi cercare di ricordarti dove eri di preciso lunedì.»
«Questo me lo ricordo perché lunedì c'è stata la fiera dove vendevano le bestie e ci sono andato per comprarmi una seconda pecora.»
«Questo la mattina. E, nel pomeriggio, la passeggiata te la sei fatta?»
«Nonsi, anche il pomeriggio sono rimasto alla fiera. Che siccome un cavallo aveva dato una pedata nella pancia a un venditore, il commercio l'hanno incominciato più tardi. Io la pecora l'ho comprata verso le quattro. Ma ancora non me l'hanno consegnata perché prima deve partorire un agnello che spetta a Nofrio Pizzo che è quello che me l'ha venduta.»
«E quando sei andato via?»
«Massimo alle cinque ero già a casa mia.»
«C'è qualcuno che lo può testimoniare?»
«Non lo so, signor maresciallo. Io solo ero. Però ho incontrato tanti paesani che mi conoscono, magari loro se lo ricordano.»
«Un'ultima cosa. Tu bestemmi?»

«Io? Io fino a quando ho potuto ho frequentato l'azione cattolica... E il venerdì santo sono uno dei dodici che portano in processione l'urna del Nazareno.»

Il maresciallo non si convinse.

«Ho capito. Però, al momento, ti fermo qui in camera di sicurezza.»

«O beddamatre? Perché? Questa cosa dell'urna non la dovevo dire?»

«L'urna non c'entra. Sul tuo conto pendono indizi gravissimi in relazione a un delitto che è successo l'altro ieri.»

«Che cosa pende?»

«Dalle testimonianze raccolte, l'assassino è uno che ha più o meno le tue fattezze fisiche.»

«E vossia che fa ora, mi arresta?»

«No, questo è solo un fermo. L'arresto scatterà se sono confermati i sospetti.»

«E ora chi ci bada a Giacomina?»

«Incaricheremo qualche vicino di casa.»

Mentre lo accompagnava in camera di sicurezza, l'appuntato Verna gli chiese chi avrebbero dovuto chiamare per farsi portare da casa le quattro cose che gli sarebbero state utili in carcere.

«Io solo vivo. Mio fratello più grande mi è morto di salmonella vent'anni fa. E non ho altri parenti. Ci posso dare le chiavi della stanza dove abito e mi può pigliare lei le uniche altre due camicie che ho e l'altro paio di pantaloni. Tanto lei sicuramente persona onesta è. Se no, non lo pigliavano a fare il carabiniere. Mi raccomando Giacomina.»

9.

Le indagini sull'auto-accoltellamento

Il brigadiere Amenta continuava a rompersi la testa sulla storia dell'auto-accoltellamento.

Picilli era stato rimesso in libertà dopo che i contadini Lo Vullo, Giuliano e Piraino avevano confermato che al momento del delitto si trovava veramente in campagna con loro per bonificare le terre dall'invasione delle cavallette. L'appuntato Vaccaro cercò di collaborare alle indagini dicendo che, se proprio volevano capire quante possibilità potesse avere un uomo di accoltellarsi alle spalle da solo, avrebbero potuto interrogare un contorsionista. In paese era arrivato da due giorni il circo Frimer, nel cui cast il comicissimo Patata ricopriva anche il ruolo di contorsionista. Il brigadiere ammise che poteva essere un'idea.

Convocato di urgenza, il comicissimo Patata, non conoscendo la ragione per la quale l'appuntato Vaccaro lo aveva portato in caserma, prima ancora di salutare il maresciallo, scandì: «Io non so nulla e non c'entro».

«In cosa?» chiese il brigadiere.

«In quello che pensa lei!»

«Ma io non penso niente. Perché hai detto quelle parole?»

«Noi siamo zingari. E sin da bambini ci insegnano che, se a qualsiasi titolo veniamo interrogati dai carabinieri, per non finire in galera dobbiamo sempre negare tutto.»

«Siediti. Come ti chiami?»

«Occhipinti mi chiamo. Ma tutti mi conoscono come il comicissimo Patata.»

«Sei o non sei un contorsionista?»

«Certe sere quando c'è pubblico buono faccio anche quello. Mi metto una tuta verde e mi faccio chiamare il serpente Jojò», disse il comicissimo Patata. E per dimostrare il suo talento rigirò il braccio destro attorno al collo fin quasi ad infilarsi il pollice in bocca.

«Benissimo, allora, serpente Cocò... »

«Jojò.»

«Jojò», lo gratificò il maresciallo, «ho bisogno di capire se un uomo, impugnando un coltello nella mano sinistra, se lo può piantare sulle spalle all'altezza della terza scapola.»

Jojò non seppe dare una risposta immediata perché era un esercizio che non aveva mai provato.

Il maresciallo gli mise in mano il tagliacarte che stava sul tavolo. «Naturalmente non ti devi ammazzare davvero.»

«Questo l'ho capito. Non ho capito perché a lei serve questo esperimento.»

«Perché abbiamo trovato uno col coltello infilato nelle spalle e la moglie dice che si è suicidato.»

«Che modo scomodo di ammazzarsi! Non faceva prima a buttarsi da una finestra?»

«Lascia perdere le alternative. Prova e basta.»

«Insomma, che devo fare?»

«Tu devi spingere il tagliacarte solo fino a quando cominci a sentire che ti fa male.»

«Devo restare seduto o faccio in piedi come quando faccio i miei numeri al circo equestre?»

«Se ti viene più comodo, resta pure in piedi.»

Jojò cominciò a fischiare la sigla di *Carosello*.

«Che fai?» domandò Vaccaro.

«Ci metto la musica come faccio nel circo equestre quando faccio il contorsionista. Con la musica mi viene meglio.»

«Zingari sono!» disse Vaccaro rivolto al brigadiere.

Jojò rigirò il braccio sinistro da fare impressione e, quando con il tagliacarte raggiunse il punto indicato dal brigadiere, interruppe il fischio e disse: «Ahi!»

«È finito *Carosello*?» domandò con ironia l'appuntato Vaccaro.

«No, se vi piace posso continuare a fischiare. Ma mi sto facendo male.»

«Volendo, lo potresti conficcare fino in fondo?»

«Certo che sì. La forza ce l'ho. Però mi dovete perdonare. Nel pomeriggio abbiamo lo spettacolo e col tagliacarte infilato nelle spalle come mi presento?»

«Zingari sono», ripeté Vaccaro.

«Ora che avete visto il serpente Jojò, vi posso fare sentire qualche cosa di quando faccio Patata?» Lo zingaro aveva un repertorio di ritornelli sul governo che ne sarebbe bastato uno per fare scattare l'oltraggio alle massime autorità. Il brigadiere glielo impedì e l'appuntato Vaccaro lo accompagnò fuori senza neanche ringraziarlo.

10.

L'autostrada galleggiante

Il geometra Miccichè aveva rinunziato a raddrizzare la Torre di Pisa. Ma non a tenere in esercizio la sua inventiva.

Dopo avere inutilmente pensato a un orologio a cucù da polso, in una notte insonne aveva orientato il suo genio su uno dei temi più caldi del momento: il ponte sullo stretto di Messina.

A Roma, il governo non aveva ancora trovato i miliardi necessari per un'opera che avrebbe potuto mandare a gambe per aria il già disastrato bilancio dello Stato. Miccichè aveva pensato di creare lui qualcosa che avrebbe collegato, rapidamente e in economia, Messina a Villa San Giovanni: al posto del ponte, un'autostrada galleggiante che sarebbe stata la salvezza degli agrumi dell'isola, metà dei quali finivano al macero per mancanza di collegamenti più facili col continente.

Stavolta non si volle limitare a una illustrazione verbale. Per rendere perfettamente comprensibile la spiegazione, volle dare una dimostrazione pratica e con il suo camioncino portò il brigadiere Amenta fino al ponte di Passo Fonduto. Quello che, passando sul fiume Platani, collegava il territorio di Castroianni alla statale Agrigento-Palermo.

Sceso dalla macchina, si fece aiutare dal suo amico a

portare in prossimità del fiume alcuni bidoni di benzina vuoti che aveva collegato tra loro con due corde di canapa.

Tornò al camioncino, prese un piccolo canotto, lo trascinò fino ai bordi del fiume. Prese le cime delle due corde, salì sul canotto e lo spinse in acqua.

«Che cosa vuole fare?» chiese il brigadiere.

«Ora lei tenga le altre due estremità, così io trascino i bidoni in mezzo all'acqua.» Spingendo una sorta di pagaia che aveva sul canotto, cominciò ad allontanarsi. «Faccia conto che ognuno di questi bidoni sia largo due metri e lungo quattro. Faccia conto che queste corde siano di acciaio. Stendendo il tutto sulle acque, ecco l'autostrada galleggiante. Sulla quale potranno comodamente passare centinaia di autocarri carichi di arance, limoni e mandarini senza aspettare ore e ore per salire sui ferryboat. La possono realizzare in meno di un anno. Mentre, a parte i costi, per il ponte hanno detto che ci vogliono dieci anni.»

«Stia attento, non facciamo che il canotto si rovescia», disse Amenta.

Il geometra lo tranquillizzò: «Il fondo qua è basso, non c'è nemmeno mezzo metro di acqua. Comunque, adesso che le ho fatto vedere come funziona, può tirarmi verso di lei così riportiamo tutto a riva.»

Sulla via del ritorno il brigadiere, pur avendo maturato qualche dubbio, si complimentò per l'idea.

Sarebbero stati i soliti ingegneri del Genio Civile a sentenziare invece che al passaggio del primo camion le corde avrebbero ceduto, gli zatteroni sarebbero scoppiati e tutta la struttura, camion e arance, limoni e mandarini compresi, sarebbe finita in fondo alle acque dello Stretto.

Il brigadiere Amenta rientrò in caserma, fiero di avere assistito alla dimostrazione del ponte galleggiante.

Molto più proficuamente, il carabiniere Vaccaro, ormai infervorato nel ruolo dell'investigatore, stava riflettendo sull'assassinio di Peppe Rapina.

«Lo sa cosa ho pensato?» disse ad Amenta che si slacciava la cravatta. «Noi ancora con il nostro morto non siamo venuti a capo di niente. Però forse una via di uscita l'abbiamo.»

«Ma vah?», disse distrattamente Amenta.

«L'idea mi è venuta da quello che ho visto ieri sera alla televisione.»

«Ah, già. C'era una puntata di Montalbano. Non l'ho visto perché mia moglie ha voluto vedere il film che c'era su Canale Cinque.»

«Quando in una indagine tutto sembra perduto, che cosa fa il commissario?»

«In tanti modi fa. Camilleri ha una grande fantasia.»

«Io mi sono attaccato a una di queste fantasie. Nella puntata di ieri sera, quando sembrava che dovesse arrendersi, il commissario è arrivato ai colpevoli andando a interrogare delle persone che, come testimoni, inizialmente erano state considerate inutili. Secondo me, dovremmo fare la stessa cosa noi tornando nella zona del delitto.»

Il brigadiere rimise a posto la cravatta: «Proviamoci.»

«Andiamo?»

Andarono.

Davanti al villino di via Cadorna, incontrarono un novantenne barcollante con una pipa in bocca.

«Che ci fa lei qua?»

«Che cosa ci fate voi», rispose l'uomo, che già alle due del pomeriggio era palesemente sotto l'effetti di un buon litro di vino rosso. Non a caso lo chiamavano don Cicco Zibibbo. «Io in questa casa abito. Al piano terra.» E indicò una povera palazzina a due piani che gli stava alle spalle.

«E com'è che non l'abbiamo mai visto?»

«Forse perché quando non sto a casa mi vado a riposare nella trattoria qua vicino.»

Il novantenne era l'unico vicino di casa di Peppe Rapina che non era stato sentito.

«Lei conosceva l'uomo che abitava in questo villino?»

«Certo. Peppe Rapina era.»

Benché avanti negli anni e nello zibibbo, la memoria gli reggeva ancora. Si ricordò che il giorno in cui Rapina «era venuto a mancare», aveva visto uscire dalla villetta una persona che zoppicava e che, sempre zoppicando, era scomparsa svicolando dietro l'angolo.

«Sapendo quello che era successo, perché non è venuto a raccontarcelo in caserma?»

«Perché i miei novantadue anni mi insegnano che farsi i cazzi propri è sempre meglio che farsi i cazzi degli altri.»

Guardandosi negli occhi, Amenta e Vaccaro convennero silenziosamente che aveva ragione.

«Come era vestita la persona che ha visto uscire dalla villetta?» chiese il brigadiere al novantenne.

«Non lo so. Era tutta accuppunata dentro a una specie di mantello che si stringeva sotto il naso con tutte e due le mani.»

«Il mantello era di colore bianco?»

«E chi era? Il principe di Biancaneve? I mantelli neri sono!»

Infastidito per l'interrogatorio, girò le spalle ai militari.

«Buongiorno, eh?» fece il brigadiere, salendo sulla camionetta.

Giunti sotto la caserma, Amenta si confrontò con Vaccaro sul giochetto dei colori.

Vaccaro insinuò un dubbio: «Secondo me, nei nostri romanzi, la differenza di colori riguarda solo gli abiti. Un mantello è un accessorio.»

«Lo sai che forse hai ragione?» lo assecondò Amenta. «Anche se il morto è un morto del romanzo bianco, l'assassino potrebbe essere andato a comperare un telo di colore nero e potrebbe averlo indossato per un depistaggio.»

«Esatto!»

«Sai che ti dico?» concluse il brigadiere, «andiamo alla Casa della Moda, e chiediamo a chi hanno venduto gli ultimi pezzi di stoffa nera».

«Ci possiamo andare a piedi. Tanto è proprio in piazza... Ci mettiamo cinque minuti.»

11.

La piazza di Castroianni

La piazza di Castroianni aveva sempre vissuto i passaggi della storia con eventi epici. Memorabile quello che era successo alla fine dell'ultima guerra. Le truppe americane erano sbarcate a Licata e, presa Agrigento, si avviavano a conquistare la capitale dell'isola passando per Castroianni. Alcuni sbandati del nostro esercito, che non avevano ancora capito come stavano andando le cose, avevano pensato di poter fermare l'avanzata americana facendo saltare con la dinamite il ponte di Passo Fonduto. Sì, quello che collegava Castroianni alla statale Agrigento-Palermo. I luoghi sempre quelli erano.

L'improvvida iniziativa aveva solo ritardato di qualche minuto la passeggiata degli americani che, guadando il fiume con i mezzi anfibi, avevano raggiunto facilmente la piazza del paese. Quel luglio del 1943, podestà di Castroianni era il maestro Burgio, un mite insegnante che, di fronte all'inesorabile arrivo degli americani, era sceso dal municipio per accoglierli scortato dal segretario comunale, da una delegazione di impiegati e seguito dalla guardia municipale Peppe Lo Re che reggeva solennemente il gonfalone. Pronunciando un «*tank you*» che non c'entrava niente, ma che era l'unica cosa di americano che era riuscito a pensare, si era inchinato deferente davanti al colonnello che comandava la divisione e a capo chino gli aveva teso la mano destra.

Il colonnello aveva fatto un cenno in direzione dei mezzi corazzati, dai quali si affacciavano militari che puntavano minacciosamente mitra e fucili sulla popolazione. I conduttori dei mezzi avevano spento i motori. Era scoppiato un fragoroso silenzio. Ritenendo che a far saltare il ponte fossero stati i castroiannesi, invece di stringergli la mano, il colonnello aveva assestato al podestà due sganassoni che erano echeggiati nella piazza come due fucilate. Il maestro Burgio aveva perso l'equilibrio, si era rovesciato all'indietro e la guardia municipale che gli stava alle spalle gli aveva sbattuto sulla testa il gonfalone.

Donna Rorò, la moglie del podestà, che stava seguendo la scena dal balcone di casa, aveva tirato un urlo e si era accasciata priva di sensi. Per quanto americano e per quanto incazzato, di fronte allo svenimento di una signora, il colonnello si era ritenuto in dovere di riparare. Era corso verso il portone del palazzo, a grandi falcate aveva salito le scale e, ringraziando la cameriera che aveva aperto la porta, aveva raggiunto donna Rorò che giaceva ancora inebetita sul balcone. Con qualche buffetto e appropriati baciamano l'aveva rimessa in piedi.

«Viva l'America, viva gli americani», gridò la piazza, sancendo un patto di amicizia con la nazione che fino a quel momento era stata nostra nemica. Del resto, non era la prima volta che noi italiani uscivamo da una guerra a braccetto del Paese contro il quale l'avevamo cominciata.

Dalle Jeep anfibie e dalle torrette dei carri armati, i

soldati americani che fino a pochi minuti prima sembravano pronti a sterminare la popolazione, avevano risposto lanciando gomme da masticare, tavolette di cioccolato e pacchetti di Chesterfield senza filtro.

La minacciata tragedia era sfociata anche questa volta in una piccola farsa.

In tempi di ormai conclamata pace mondiale, la piazza di Castroianni stava vivendo adesso un evento non certamente storico come l'arrivo degli americani. Ma certamente curioso. Non fosse altro perché ne era protagonista un senatore della Repubblica che, benché titolare di un normale cognome, veniva solitamente indicato come il senatore Crisantemo.

Il soprannome gli proveniva dal fatto che per ben tre legislature, pur essendo risultato solo primo dei non eletti, era riuscito a entrare al Senato due volte, subentrando a sfortunati colleghi che avevano lasciato lo scranno a Palazzo Madama per sopraggiunte mortali malattie, e una terza volta per un tragico incidente che, sebbene avvenuto alle porte di Roma, la malevola voce popolare aveva attribuito a Crisantemo, pronto con la valigia a partire per la capitale. Adesso correva per la quarta elezione, non si sapeva ancora a danno di quale nuovo sventurato.

La piazza era affollata come non la si vedeva più da tempo. Gente dappertutto. Fin sulla scalinata della Chiesa Madre e oltre l'imbocco di Corso Umberto.

Quando il Segretario Politico lo ebbe presentato alla folla, Crisantemo si avvicinò con sussiego al microfono.

Con le nocche della mano destra batté due colpetti, come si usava allora, per verificare che il microfono funzionasse, si schiarì la voce e puntando teatralmente l'indice sulla piazza gremita attaccò: «Cittadini di Castroianni...»

I cittadini di Castroianni, che fino a quel momento erano rimasti in sospettoso silenzio con le mani affondate nelle tasche per gli scongiuri che il caso richiedeva, tutti insieme, con tempismo straordinario, gli voltarono le spalle e, marciando in senso inverso rispetto al palco sul quale si sbracciava l'oratore, si allontanarono scandendo un assordante: «Ciufff! Ciufff!!! Ciufff! Ciufff!!! Ciufff! Ciufff!!!»

Era il fischio del treno a vapore che quattro anni prima, e dallo stesso palco, Crisantemo aveva giurato che avrebbe fatto arrivare alle porte di Castroianni facendo spostare la stazione ferroviaria, che passava a valle a dieci chilometri dal paese, e che a valle era rimasta.

Associandosi alla protesta, tutti i locali, dal bar ai negozi che si affacciavano sulla piazza, abbassarono rumorosamente le saracinesche. Il brigadiere Amenta dovette aspettare che Crisantemo lasciasse la piazza. Solo allora riaprirono i negozi, compresa la Casa della Moda.

12.

Alla ricerca del telo nero

«Si accomodi», disse servizievole Giovanni Ardilio, accogliendo il brigadiere.

«Ne avete stoffa nera?»

«Gli ultimi dieci metri di seta li abbiamo dati alla vedova Caruso, che ci ha fatto gli abiti per lei e per le tre figlie zitelle quando è morto suo marito Pepè.»

«Altra stoffa nera?»

«L'altro rotolo lungo era di cotone. Lo abbiamo venduto una decina di anni fa al padre arciprete. Alla matrice lo usano ancora per addobbare la navata centrale quando ci sono i funerali di lusso.»

«E poi?»

«E poi basta. Però se ha proprio bisogno di stoffa nera, gliela posso ordinare.»

«No, grazie», disse il Brigadiere Amenta. E andò via.

Giovanni Ardilio lo seguì con sguardo perplesso finché non lo vide scomparire dietro l'angolo.

Entrando nella chiesa madre, il brigadiere si imbatté in Gasparino, un gobbetto che raccattava qualche spicciolo aiutando Tatano il sagrestano nelle funzioni più complesse.

«Ho bisogno di vedere il telo che usate per i funerali.»

«Condoglianze», fu la risposta che Gasparino si lasciò scappare di getto.

Al brigadiere non venne difficile fare gli scongiuri. Si appoggiò a quella bella gobba che gli si offriva davanti e chiarì: «Non mi serve per cose personali. Vorrei soltanto sapere se è ancora qui in chiesa».

Mancando il parroco e il sagrista, impegnati per una estrema unzione a domicilio, Gasparino si prestò ad aprire la porticina che immetteva in un sottoscala nel quale erano accatastate le cose meno importanti della parrocchia. Malamente abbandonato su due panche rotte e sul quadro di un santo, la cui effige si era liquefatta in un mare di umidità che a Castroianni bagnava le strade asfaltate anche le sere di estate, il brigadiere trovò il rotolone che gli interessava. Coperto di polvere fino all'inverosimile. Ma nero. Notò che nella parte estrema era stato operato, neanche con tanta raffinatezza, un taglio. Era chiaro che qualcuno poteva averne portato via una porzione. Magari quella che era stata usata come mantello dall'accoltellatore del marito della Culotta.

«Qui si vede chiaro che ne hanno tagliato un pezzo!»

«Speriamo che non ne manchi tanto. Se l'estrema unzione che l'arciprete e Tatano sono andati a dare in via Cadorna è riuscita definitiva, domani potrebbe servire per il funerale.»

Manco a farlo apposta, l'arciprete rientrò in quel momento. «Che piacere vederla in chiesa», disse, compiaciuto di trovare il militare tra le sacre mura.

«Piacere mio. Avrei bisogno di parlare con Tatano.»

«Come?» domandò l'arciprete, che era sordo e non aveva capito.

«Devo parlare con Ta-ta-no.»

Essendo sordo, l'arciprete non amava le lunghe conversazioni. Senza nemmeno chiedere al brigadiere la ragione dell'incontro, indicò il portone principale e benedisse. «Santa giornata.»

«Grazie e arrivederci», ricambiò laicamente il brigadiere.

In bilico su una vecchia sedia male impagliata, Tatano stava scrivendo su un cartone bianco gli orari di catechismo della nuova settimana.

«Buongiorno, Tatano», disse il brigadiere con una cordialità spropositata per un sagrista.

«Signor brigadiere! A me sta cercando?»

«No, così... Ho visto il telo nero che usate per i funerali...» E prima che anche Tatano lo gratificasse di inutili condoglianze, precisò: «Niente di personale. Però mi pare che ne manchi un pezzo».

«Mi dicissi, cosa vuole sapere di preciso?»

«Se è venuto qualcuno a tagliarlo!» precisò il brigadiere, infastidito dal dover dare tanta confidenza a un sagrestano.

Tatano disse che a tagliarne due metri buoni era stato lui. «Avvicinandosi la Settimana Santa, la Tantina ha chiesto al padre arciprete un pezzo di tela nera che vuole usare quando sotto casa sua passerà la processione.»

«E perché?» chiese il brigadiere che non era pratico di liturgie.

«Ci vuole ricamare sopra la scritta "Per Gesù Nazareno" e quest'anno la vuole esporre al balcone pure lei.»

Era una usanza che le famiglie più benestanti di Castroianni praticavano il Venerdì Santo e che la Tantina non si era mai potuta permettere perché malestante.

Il brigadiere non si fece convinto. «Dov'è adesso questa Tantina?» chiese a Tatano che, spaventato dalla perentorietà della domanda, scese dalla sedia e domandò a sua volta: «Perché, ha fatto qualche mancanza?»

«Ho da fare una verifica», disse vago il brigadiere, pensando che la donna avrebbe potuto cedere il telo ad altri più che usarlo per una devota pratica.

«In questo momento sta facendo le pulizie al fonte battesimale perché più tardi vengono quelli della famiglia Spoto che gli è nato il quinto figlio.»

«Portami da lei», intimò il brigadiere.

13.

La corsa della Tantina

«Si alzi», disse il brigadiere alla Tantina, che quasi non si vedeva dietro la grossa colonna del fonte battesimale.

«Io alzata sono», disse quella che, riversa com'era sulla gamba più corta, al brigadiere sembrava ancora più piccola.

«Lei conosceva un certo Peppe Rapina?»

«Io solo quelli della parrocchia conosco. Fuori non esco mai, perché non so se vossia lo sa ma tanti anni fa ho avuto la disgrazia che mi è caduta una testa di angelo sopra il ginocchio, sono rimasta zoppa e non cammino tanto», disse distaccata e riprendendo a lucidare il bordo del fonte battesimale all'altezza del quale arrivava appena.

Era molto improbabile che un sorcetto di quel genere avesse accoltellato il marito della Culotta. Ma la curiosa coincidenza del telo nero e di qualcuno che zoppicava spinse il brigadiere a sottoporre la Tantina a una prova. Certo di starsi spingendo oltre i propri doveri, cercò di essere cortese.

«Lasci stare per un momento le pulizie. Dovrebbe raggiungere, correndo, l'altare di Sant'Antonino. Quello che sta lì di fronte.»

Tatano si intromise: «Lo ha già pulito questa mattina».

«Zitto tu», fece sgarbato il brigadiere.

«Ma io gliel'ho detto: non so correre. Non ce le ho le gambe buone», si scusò la Tantina.

«Non deve fare una grande corsa. Si muova come può. Devo solo fare una verifica.»

Sapendo che, dentro la chiesa, la Tantina prendeva ordini dall'arciprete, Tatano si sostituì a lui e per accontentare Sconci disse: «Fai come ti dice il signor brigadiere».

La Tantina, con la faccia di quello che non capisce, si diresse verso l'altare di Sant'Antonino cercando di andare il più veloce possibile. Più che una corsa, fu un pietoso trascinarsi che il brigadiere interruppe subito: «Basta. Basta. Va bene così».

La fatica era stata tanta e la Tantina si lasciò cadere sul primo scranno che aveva alla destra della gamba buona.

Seguito da Tatano, il brigadiere la raggiunse: «Ce l'ha ancora a casa quel pezzo di telo nero...?»

«Il padre arciprete me lo ha regalato», disse subito la Tantina, temendo di essere accusata di furto.

«Lo so, lo so. È sempre a casa sua?»

«Certo. Ho incominciato a ricamarlo per il Venerdì Santo. Ho anche comperato la tavola con i cinque portalampade per le lampadine che metterò sopra la tela per illuminare il passaggio della processione. Se mi porta la stoffa glielo ricamo pure a lei, così lo mette al balcone della caserma. Le lampadine ce le ha, vero?»

«No grazie», concluse il brigadiere. E lasciando Tatano ancor più perplesso della Tantina, andò via.

Salito sulla camionetta, a Vaccaro che lo stava aspettando, disse: «So che questo non è un ragionamento che può fare un brigadiere serio. Ma, considerato che la ricerca effettuata sui nostri compagni di romanzo non si è risolta, visto che il probabile assassino aveva un mantello vistosamente nero... Non potrebbe essere uno che fa parte dell'altro romanzo?»

Vaccaro si rese conto che in quelle poche parole ci poteva essere il ribaltamento di tutta la storia. Il brigadiere non se ne accorse, ma stava strabuzzando gli occhi: «È una ipotesi. Strana, ma potrebbe essere.»

«Sto pensando che posso andare a chiedere aiuto al maresciallo Sconci che sa tutto di quelli che stanno nel romanzo nero.»

«Tutto tutto no», disse ironico l'appuntato Vaccaro. «L'assassino del suo romanzo ancora non lo ha trovato.»

Sapendo che Sconci dedicava tutto il tempo che poteva al caso del morto con la testa rotta a bastonate, pensò, senza sbagliarsi, che avrebbe potuto trovarlo in prossimità della baracca nella quale aveva trovato morto il Midulla. Accompagnò Vaccaro in caserma e proseguì per Mandravecchia.

14.

Nello spiazzale di Mandravecchia

Arrivando nel piazzale, il brigadiere Amenta vide Sconci andare avanti e indietro tra la porta della casupola e l'albero d'olivo secco che stava lì accanto. Scuoteva la testa poco convinto.

«Che fai?» gli chiese.

«Sto valutando se... No. Non può essere. Il fatto è che... Insomma cazzi miei. Che vuoi?»

«Forse ho individuato chi ha piantato il coltello nelle spalle al marito della Culotta!»

«E perché lo vieni a raccontare a me?»

«Perché ho saputo che, il giorno del delitto, dalla sua villetta è uscito uno con un mantello nero. Siccome al momento nel mio romanzo uno che abbia usato un mantello nero, sia pure per depistaggio, non l'ho trovato, ho concluso che l'uomo che sto cercando è uno che fa parte del tuo romanzo.»

«Allora?»

«Nel tuo romanzo c'è qualcuno che usa il mantello?»

«Sì. Uno c'è. Anzi c'era. Un certo Padalino. Un maestro elementare. Che però ormai è in pensione e non esce più da casa.»

«È zoppo?»

«Zoppo no. Ma l'ultima volta che lo abbiamo visto in piazza si trascinava male. Se non ha novant'anni poco ci manca.»

«Potresti andare a casa sua e chiedergli quando ha indossato il mantello per l'ultima volta?»

Sconci trovò l'idea insensata. Ma sapendo quanto il brigadiere fosse capace di rompergli le scatole intignandosi sulle idee più strane, si impegnò a farlo. Amenta gli disse che lo avrebbe atteso nella solita saletta riservata del Caffè Moka.

Si avviarono.

15.

Quelli dei romanzi già pubblicati

Andando a bassa velocità sulla strada più breve per rientrare in paese, Sconci si imbatté in un poveraccio che camminava guardingo ai bordi di una cunetta.

«Vuoi un passaggio?

Impaurito, ma bisognoso di un rifiato, il poveraccio salì a bordo. Era malvestito. Pantaloni larghi a cinta bassa e giacchetta malandata di un indefinibile colore grigio sporco che, a giudicare dall'olezzo, gli stava addosso da un tempo immemorabile.

«Chi sei?»

«Vincenzino Coniglio mi chiamo.»

«Tu di quale romanzo fai parte?»

«Di *Fimminedda*», rispose mestamente l'uomo con una voce di falsetto che faceva onore al titolo del libro.

«E che ci fai da queste parti?»

«Nemmeno io lo so.»

Il Coniglio era un disgraziato che l'Autore aveva esposto al ludibrio dei compaesani, perché fisicamente sottodotato. A Castroianni (perché lì l'Autore ambientava tutte le sue storie) aveva sposato una certa Concettina, illudendola con la sua voce tenorile. Ma quando la ragazza ne aveva scoperto le insostenibili mancanze maschili, lo aveva abbandonato gridandogli dietro quel «fimminedda» che era diventato il titolo del romanzo. Nel quale la ragazza si era poi felicemente fatta ingravidare da un muratore, certo Pistacchio, mentre il Coniglio era stato fatto semplicemente scomparire.

«L'Autore ha voluto lasciare i lettori nel dubbio. Lo ha lasciato solo capire, ma non ha scritto chiaramente che mi ero ammazzato buttandomi in un fiume vicino Palermo. Così io sto vagabondando qua, tra una stradella e l'altra, nella zona dove mi ha fatto vedere vivo per l'ultima volta. E non so che cosa fare. Cammino, cammino. Ma questa che vita è?»

«Povero!» lo commiserò il brigadiere.

«Mi deve scusare se le faccio una domanda, ma lei chi è?» domandò Coniglio al militare, che stava su una camionetta bellissima come ai suoi tempi non se ne erano mai viste.

«Sono un brigadiere e faccio parte di un romanzo nuovo. Pure io ho i miei problemi. Fortunatamente meno gravi dei tuoi. Se vuoi ti posso portare con me. Magari ti metto a fare il contadino nelle campagne.»

«No, grazie. Mi sono già riposato. Ora mi faccia scendere così torno nei vicoli qua dietro. Se vengo con lei, l'Autore è capace di pensare che gli voglio disturbare il romanzo nuovo e, prendendola come una mancanza di rispetto, mi può fare qualche altra cattiveria. Lei lo sa cosa ha fatto nel *Polentone*, l'ultimo libro che ha pubblicato l'anno scorso?»

«No, ancora non mi è capitato tra le mani.»

«Per cominciare a effetto il primo capitolo, ha fatto buttare dal balcone una povera esaurita che si è trascinata dietro un vaso di basilico, mentre la banda municipale suonava l'inno dei lavoratori per festeggiare il primo maggio.»

«E tu come conosci quella storia?»

«Di tanto in tanto con i protagonisti dei romanzi già pubblicati ci incontriamo e ci facciamo coraggio. Dovrebbe sentire cosa dice dell'Autore la povera Pepenchia!»

«Chi è Pepenchia?

«La disgraziata che si è buttata dal balcone. Quello, quando si accanisce su qualche personaggio, diventa offensivo anche con i soprannomi. Pensi a questa meschina: morta e Pepenchia.»

Preoccupato per quello che l'Autore avrebbe potuto architettare anche a suo danno, il brigadiere arrestò la macchina, augurò buona fortuna a Coniglio, lo fece scendere lasciandolo al suo dubbio destino. E in tutta fretta ripartì.

«Perché ci hai messo tanto ad arrivare?» chiese il brigadiere Amenta, già seduto al tavolo della saletta riservata del Caffè Moka.

«Niente, ho dato un passaggio a un poveraccio che fa parte di un romanzo che il nostro Autore ha già pubblicato.» Si sedette, chiese una gazzosa e proseguì: «Lo sai che è un bel tipo?»

«Chi, il personaggio?»

«Il nostro Autore», replicò il maresciallo. «Quello è uno che si diverte pure a inventare nomi improbabili.»

Mentre Sconci cominciava a sorseggiare la sua bibita, Amenta gli chiese impaziente: «Che notizie mi porti?»

Il maresciallo finì la gazzosa e lo informò che il maestro Padalino il mantello nero non lo aveva più a casa. Lo aveva regalato a un suo ex alunno al quale piacevano tanto le cose antiche.

«E ti ha detto chi è questo ex alunno?»

«Certo: il dottor Mirabella.»

«Mirabella? Il direttore dell'ufficio delle imposte?»

«Sì, ma figurati se con tutto il da fare che ha in ufficio si mette a girare per le case e a piantare coltelli nelle spalle della gente.»

«E invece sì. In base alle mie indagini, l'unico possibile assassino è lui. Perciò mi dovresti fare la cortesia di arrestarlo.»

«Arrestatelo tu», ribatté seccato il maresciallo.

«Se potevo, ti pare che venivo a disturbare te? Io non posso arrestare un accoltellatore che fa parte di un altro romanzo.»

«No?»

«No», replicò Amenta. E dimostrando che quattro libri se li era letti davvero, spiegò: «È come se i carabinieri di *Pinocchio* andassero ad arrestare Hannibal the Cannibal nel *Silenzio degli innocenti*».

«Capisco. Ma se il morto sta nel tuo romanzo, io non posso arrestare uno che nel mio romanzo non ha fatto niente di male!»

«Nel tuo romanzo non avrà fatto niente di male. Ma, in assoluto, è un assassino. E un assassino va tolto di mezzo perché può tornare a delinquere.»

«E come faccio? Nel mio romanzo, il direttore delle imposte è uno degli uomini più importanti con i quali ho mai avuto a che fare.»

«È così che si passa alla storia. Di Pietro ha fatto carriera non perché ha fatto arrestare un ladro di polli, ma perché ha impallinato Craxi. Un ex presidente del consiglio.»

«Chi? Non capisco di cosa parli.»

«Ah, già. Tu sei degli anni Cinquanta, questa storia non la puoi sapere. Lasciamo perdere Craxi.»

«Benissimo, lasciamo perdere.»

«Ma il direttore delle imposte bisogna fermarlo. Aveva il mantello nero?»

«A quanto mi dici, sì!»

«Quello col mantello nero è un assassino?»

«Pare di sì.»

«Allora va arrestato. Un pretesto lo si può trovare... Non so, contestagli un ammanco in ufficio. Vuoi tu che con tutto il denaro che gli passa per le mani qualcosa non l'abbia fatta sparire? Che vada in galera per un ragione o per un'altra a me non importa. A me basta che tu lo metta dentro.»

Il maresciallo cercò di evitarsi il fastidio: «Secondo me, nei nostri romanzi, la differenza di colori riguarda solo le giacche, i pantaloni... Un mantello è un accessorio. Se nel nostro romanzo tutto, dico tutto, dovesse avere lo stesso colore, io sarei condannato a mangiare mortadella nera.»

«Che schifo!» pensò il brigadiere senza dirlo apertamente.

«Sì. Ma l'uomo che ci si è avvolto dentro...» insistette Amenta.

«Dentro la mortadella?» chiese il maresciallo, irritando il collega.

«Dentro al mantello!» andò avanti stizzito il brigadiere. «È uno che fa parte del tuo romanzo! E tu lo devi arrestare.»

Per togliersi dai piedi il collega rompiscatole, il maresciallo prese tempo: «Lasciamici pensare».

16.

Un uomo geloso

Il carabiniere Verna sapeva che nei pomeriggi caldi il maresciallo amava bere qualcosa di fresco. Si presentò con un bicchiere di aranciata Trinacria. Sconci gliene fu grato e sfogò con lui la rabbia per non essere ancora riuscito a venire a capo della morte di Midulla.

Malanasca, per quanto basso, grasso, tozzo, con il vero assassino di Midulla così come lo aveva descritto il penitente di padre Vasta aveva in comune solo le fattezze fisiche. In più, non bestemmiava. E, avendo dimostrato che il giorno del delitto si trovava fuori paese, a una fiera di bestiame per comprare la seconda pecora, il maresciallo si era visto costretto a rimetterlo in libertà.

«Abbiamo indagato in tutte le direzioni, abbiamo interrogato centinaia di poveracci che non c'entravano niente, e mi ritrovo col cerino in mano. So che i colleghi della tenenza di Cammarata, senza dirmelo chiaro, mi stanno ridendo dietro come si ride dietro a un investigatore incapace.»

«Scusi se mi permetto», disse il carabiniere Verna. «Ma perché non si fa dare una mano di aiuto dal brigadiere Amenta?»

«Che ne sai tu del brigadiere Amenta?»

«Oggi pomeriggio, rientrando in caserma, ho incontrato per le scale l'appuntato Vaccaro...»

«Pure Vaccaro conosci?»

«Lui mi si è presentato. Trovarmi davanti un collega che nella nostra caserma non avevo mai visto mi ha fatto una certa impressione. Ma poi mi ha spiegato tutta la storia del romanzo bianco e di quello nero. Grazie a lui ho capito perché noi lavoriamo di mattina. Ma la cosa importante che mi ha detto è che il brigadiere Amenta le sta chiedendo aiuto per arrestare una persona che sta nel romanzo nostro e che però ha ammazzato uno che sta nell'altro romanzo. Un certo Peppe Tappina.»

«Rapina», precisò il maresciallo. «L'appuntato Vaccaro ti ha detto chi è la persona che potrebbe avere ammazzato Rapina?»

«Mi ha detto che fa parte del nostro romanzo. Però il brigadiere a lui il nome non glielo ha fatto.»

«Allora te lo faccio io. Secondo Amenta, l'assassino è il direttore dell'ufficio delle imposte!»

«Il dottore Mirabella? Non ci posso credere.»

«Nemmeno io ci credevo. Almeno fino all'altro ieri. Poi, vista l'insistenza di Amenta, senza dire niente a lui, ho fatto le mie indagini e ho saputo che, chiuso l'ufficio, il direttore è solito portare a casa le pratiche più intrigate per studiarsele meglio.»

«Che c'entra questo?»

«C'entra. Perché proprio il giorno in cui Peppe Rapina è stato trovato morto, il dottore Mirabella, intorno a mezzogiorno, ha lasciato l'ufficio ed è rientrato a casa per riprendere una pratica che la sera precedente aveva lasciato sul comodino. E che quando era tornato in ufficio ha stupito tutti perché zoppicava e aveva addosso un mantello. Così mi ha detto il centralinista dell'ufficio imposte.»

«Maria, che storia!»

«Tu lo sai che il direttore è bravo come direttore, ma che è geloso pazzo della moglie?»

«Sì, sì... Tutti lo dicono.»

«Benissimo. Dove è stato trovato morto Peppe Rapina?»

«Nella villa della Culotta. Così mi ha detto l'appuntato Vaccaro.»

«Che, per la passione che ha l'Autore di ambientare le storie sempre negli stessi posti, nel nostro romanzo è la villa nella quale abita il dottore Mirabella. Te lo figuri cosa può fare un uomo geloso come lui trovando, nel suo letto matrimoniale, un uomo nudo?»

«Anche se fa parte di un altro romanzo?»

«Uno nudo non ha un vestito. Perciò non è né bianco né nero... Non si può capire di quale romanzo faccia parte. È nudo, te lo trovi lì... Che fa un uomo geloso?»

«Come minimo gli dà una coltellata!»

«E quello ha fatto il direttore delle imposte. Rientrando in ufficio, ai colleghi che gli chiedevano come mai, oltre alla pratica, avesse addosso il mantello aveva raccontato che aveva avuto un attacco di freddo. A giugno. E invece lo aveva indossato per coprirsi il viso mentre usciva dalla villetta.»

«E perché zoppicava?»

«Sempre ai colleghi ha detto che per la fretta aveva impattato contro lo stipite della porta. Invece sicuramente si era messo a zoppicare per far finta di essere un altro. Così mi ha raccontato il centralinista, che è un mio confidente.»

«Tutte queste cose lei gliele ha dette ad Amenta?»

«Certo. E lui ha gradito la collaborazione. Al punto che mi ha detto che vuole ricambiare raccontandomi tutto quello che nel frattempo ha raccolto sull'assassino del mio pecoraio finito a bastonare in testa. Lo sto aspettando.»

«Chi, il pecoraio?» chiese ridendo il carabiniere.

Sconci capì che era una battuta e lasciò passare.

17.

Uno scambio di favori

«Accomodati, accomodati», disse il maresciallo Sconci al brigadiere Amenta che, come promesso, era venuto a trovarlo.

«Intanto grazie per tutto quello che mi hai rivelato su Mirabella», disse accomodandosi sulla poltrona che stava dietro la scrivania e che il maresciallo gli cedette per pura cortesia.

«Te lo dovevo e l'ho fatto con piacere.»

«E io sono qui per ricambiare la cortesia. Come stai messo con il caso del pecoraio ammazzato con una bastonata?»

«L'unica testimonianza raccolta dice che l'assassino è uno basso, grasso con il collo piantato sulle spalle e calvo. Ma l'unico con quelle connotazioni che ero riuscito a trovare era il povero Malanasca, il quale, pecora alla mano, mi ha dimostrato che il giorno del delitto era a una fiera di bestiame e l'ho dovuto rilasciare con tante scuse. Altri tarchiati di quel tipo nel mio romanzo non sono riuscito a trovarne...»

«Per questo io sono qui. Io ce l'ho. Ed è pure un gran bestemmiatore!»

«Minchia», si lasciò scappare il maresciallo, che non era solito abbandonarsi al turpiloquio. «Quello che sto cercando io.»

«Il mio si chiama Mangione Vito. È uno che presta sordi a

strozzo. Ed è conosciuto perché, quando non viene ripagato nei tempi giusti, non sente ragioni, comincia a bestemmiare e dai debitori insolventi pretende che gli portino le mogli o le figlie per saldare i conti.»

«E secondo te come potrebbe essere finito nella casa di campagna di Mandravecchia, dove abbiamo trovato il Midulla morto ammazzato?»

«È sua. È proprio quello il posto nel quale consuma le sue porcate. Gli è pure comodo perché è fuorimano.»

«Tutto combacia. A questo punto me lo dovresti arrestare!»

«Ma come? Non eri tu a dirmi che non si possono mettere le manette a uno che nel tuo romanzo non ha commesso nessun delitto?»

«In questo caso tu lo potresti mettere in cella per usura...»

«Ci ho già provato. Ma non ho mai trovato nessuno disposto a testimoniare.»

«Intanto comincia a chiedergli quando è stato a Mandravecchia l'ultima volta.»

«Con quale pretesto?»

«Se è così avido come mi hai detto, puoi fingere che nella casetta ci sia stato un furto e che vorresti arrestare il ladro che avrebbe portato via un po' di suppellettili.»

«Ci posso provare», concluse Amenta allungando uno sguardo pieno di dubbio.

Poco dopo, il brigadiere Amenta raggiunse piazzetta De Cosmi, dove l'usuraio era solito trattare i suoi affari, e lo invitò a salire sulla camionetta.

«Che c'è? Successe qualche cosa?» fece Mangione preoccupato.

Per cominciare a stanarlo Amenta gli parlò di un furto nella sua casa di campagna. Sapendo quanto fosse attaccato al più misero degli oggetti, entrò nei dettagli e lo informò che erano stati portati via piatti, forchette, cucchiai, coltelli e tutte le pentole.

«Quelle di rame?»

«Tu lo sai se sono di rame o di alluminio», disse il brigadiere. E contento di averlo colpito negli affetti più cari diede l'affondo: «Pure le lampadine hanno svitato. Tutte».

«Trenta lire l'una costano!» si disperò Mangione, trattenendo a stento una bestemmia che di fronte a un tutore dell'ordine non avrebbe potuto permettersi.

«E si sono presi pure il materasso e la tavoletta del cesso», caricò Amenta.

«Nooooo, nuova era. Non sono passati nemmeno cinque anni da quando l'ho comprata.» Facendo i conti sulla punta delle dita calcolò i danni: «Almeno mille e cinquecento lire mi hanno fottuto. Chi è questo figlio di buttana che mi ha rovinato?»

«Il nome non me lo ricordo. Ma è un pecoraio.»

«Faccio bene io a pigliarli a bastonate quando piove e per ripararsi entrano dentro quella casa che mia è. Solo mia. E me la sono fatta con il sudore di questa fronte.»

«Per quanto mi risulta era di un certo Vincenzo Mazzocchio e tu...»

Mangione lo bloccò. «Sì, Mazzocchio. Ma l'atto non lo abbiamo potuto fare perché è morto lo stesso giorno in cui me l'ha venduta.»

Nessuno aveva mai potuto provarlo, ma quella casetta Mangione l'aveva estorta come pagamento di un prestito a strozzo a un vecchio pensionato che viveva da solo e che, il giorno in cui gli avrebbe dovuto consegnare le chiavi, era morto di crepacuore.

«Torniamo ai pastori. Stavi dicendo che non permetti che entrino dentro la casa, neanche per risPararsi quando piove.»

«Che me ne fotto se piove. Si bagnassero le corna, ma fuori dalla mia proprietà. Ormai lo sapevano come sono fatto io. E non venivano più. Tranne che...»

«Tranne cosa?»

«Tranne che tre giorni fa, uno è entrato lo stesso. Io ero andato a Mandravecchia per riposarmi e ci ho trovato uno. Brutto, con le orecchie a sventola, i capelli arricciati che pareva un pupo. E da quel porco che era aveva pure messo la sua verga da pecoraio sul mio tavolo e si era mangiato tutto il pane, le olive, la mortadella e il caciocavallo che erano dentro i due cassetti. La cosa che mi ha fatto strambo è che era tutto vestito di bianco. Come se si fosse venuto a fare la prima comunione.»

«Cavolo!» disse il brigadiere.

«Quello nelle nostre campagne non lo avevo visto mai. Forse veniva da un paese vicino...»

«O forse da un altro romanzo», stava per dirgli Amenta.

«Mi ha fatto incazzare perché non solo era entrato. Non solo aveva mangiato e bevuto, ma non c'era verso di farlo uscire perché dice che pioveva.»

«E tu che hai fatto?»

Mangione si accorse di essersi lasciato andare a un racconto che non andava fatto. Cominciò a farfugliare: «No. Che dovevo fare?»

Il maresciallo pensò: «Quando si comincia un discorso premettendo un *no*, vuol dire che si sta nascondendo qualcosa che non si vuole dire». Lo strinse all'angolo e tornò a chiedere: «E tu che cosa hai fatto?»

Mangione capì che gli era stato teso un tranello e si morse la lingua per non bestemmiare. Cominciò a impapocchiare: «Siccome stava cominciando a piovere più forte, prima che arrivassero i lampi che a mia mi spaventano, me ne sono andato. Tanto era sicuro che quello prima o poi se ne sarebbe andato pure lui.» E per cambiare discorso ritornò sul furto. «Forse è stato lui a portarsi via tutte le cose che mi hanno rubato».

«Un morto non può portare via niente.»

«Un morto?»

«Quel pecoraio è stato trovato morto dentro la tua casupola», concluse freddo Amenta.

«Figlio di buttana.»

«E poi impiccato!» ribadì con perfida intenzione il brigadiere.

«Giusto da me si doveva andare ad ammazzare? Io lo so perché è successo. Aveva dispiaceri in famiglia. Dicevano che la moglie lo voleva lasciare. Per questo si sarà suicidato.»

Lo aveva detto: suicidato! Al brigadiere apparve tutto chiaro. Ecco chi aveva architettato quella messa in scena. Irritato, non solo perché si era andato a riparare nella sua casa, ma anche perché gli aveva svuotato i cassetti, Mangione aveva scatenato una rissa. E quando si era reso conto di avere ammazzato il pecoraio con una bastonata in testa, aveva tentato di simulare un suicidio legandogli una corda al collo e attaccandolo maldestramente al tetto.

«Per il momento basta così. Puoi scendere», disse quasi buttando giù l'usuraio dalla camionetta.

Rientrando in caserma, il brigadiere pensò di aver fatto proprio un gran bel lavoro che, tutto fiero, rappresentò a Sconci, colorandolo teatralmente con vivaci espressioni del viso.

«Ma guarda che situazione», disse sconfortato il maresciallo Sconci. «Ci troviamo di fronte a due delitti impossibili. Abbiamo i morti, sappiamo da chi sono stati ammazzati, ma i colpevoli non li possiamo arrestare perché fanno parte di romanzi diversi.»

«Una soluzione la dovremo trovare!» disse senza rassegnarsi il brigadiere Amenta, perdendo lo sguardo nel vuoto.

18.

L'eliquattero per una brutta fine

Bisognava comunque mettere le mani addosso ai delinquenti della cui colpevolezza si era ormai certi.

Alla ricerca di una soluzione, il brigadiere Amenta pensò che potesse tornargli utile una invenzione che Cipriano Micciché gli aveva prospettato e che lui gli aveva sconsigliato di mettere in pratica perché, trattandosi di mezzo di locomozione aerea, avrebbe dovuto avere una speciale licenza di guida che invece non aveva.

L'invenzione consisteva in un elicottero a un solo posto, dalla struttura in legno leggero che, secondo Micciché, si sarebbe librato nell'aria senza l'uso della benzina ma sfruttando la forza propellente dell'anidride carbonica contenuta nell'acqua gasata. L'aveva chiamato «eliquattero».

L'unica differenza rispetto all'elicottero ordinario stava nelle modalità di decollo, in quanto l'anidride carbonica non poteva certo generare lo spostamento d'aria necessario a vincere la forza di gravità. La partenza sarebbe dovuta avvenire sfruttando ripide rampe di discesa. Dalle quali, presa la rincorsa, l'avveniristico mezzo avrebbe però acquistato la spinta giusta per librarsi nell'aria planando in piena autonomia.

Era un'idea. E Amenta pensò di usarla per mettere le manette al direttore dell'ufficio imposte, del quale era nota la passione per il volo.

Da militare era stato elicotterista. Conservato il brevetto che autorizzava alla guida anche nella vita civile, negli anni precedenti aveva contratto l'abitudine di noleggiare piccoli elicotteri all'aeroporto di Boccadifalco per un'ora di volo sui dintorni. Senonché, un brutto giorno di novembre, ostinandosi a volare durante un temporale, era andato a impattare un traliccio dell'energia elettrica. Aveva miracolosamente salvato la vita, ma nello schianto aveva ferito gravemente un pastore e sterminato il suo gregge. Gli era stato ritirato il brevetto e si era dovuto rassegnare a rinunciare alla sua passione.

«A che punto è quella invenzione dell'elicottero ad acqua?» chiese Amenta al suo Leonardo da Vinci, offrendogli un chinotto al Caffè Moka.

«Sta lì», rispose Miccichè, al quale il ricordo di quella invenzione in sospeso riaccendeva la luce negli occhi.

Simulando una attenzione amichevole che invece aveva secondi fini professionali, il brigadiere proseguì: «È un peccato lasciarla da parte...»

«Me lo ha detto lei che senza una licenza di guida non la posso sperimentare.»

«Ma se alla guida c'è chi ha la licenza, potrebbe provare a vedere se funziona. E io credo di avere trovato la persona giusta.»

«Magnifico, e chi è?»

«È una persona che lei non conosce perché fa parte di un altro romanzo.»

«Come sarebbe, un altro romanzo?»

Ma il brigadiere, facendo finta di non sentire, proseguì: «Ed è la persona giusta perché ha il brevetto per guidare gli elicotteri. Lei mi aveva detto che per prendere il volo il suo mezzo va portato in cima a una discesa e che da lì in poi si muove da solo, vero?»

«La discesa ideale ce l'ho già. È il lato lungo della montagna di Mangiafava. Ci sono più di cento metri a strapiombo, ma il mio eliquattero, fatti i primi cinquanta metri, si staccherà da terra e comincerà a volare in orizzontale che sarà una bellezza. Con l'anidride carbonica contenuta in una tanica di cinquanta litri di acqua gasata può volare per almeno venti chilometri. Per il volo sperimentale ho previsto il tratto Mangiafava-Castroianni. Con atterraggio al nostro campo sportivo. In linea d'aria sono poco più di tre chilometri.»

«Per me possiamo provarci anche domani.»

«E come?»

«Lei, alle dieci in punto, si faccia trovare col suo elicottero sulla montagna di Mangiafava. Io farò in modo di fare arrivare il pilota per la stessa ora. Me ne occuperò io stesso.»

Il maresciallo Sconci, dal lato suo, intervenne sul progetto proponendo al direttore delle imposte la fantastica opportunità di guidare un mezzo così originale.

Mirabella rispose con entusiasmo.

E, la mattina seguente, recuperato l'abbigliamento da pilota che da anni giaceva mestamente in soffitta, raggiunse in motocicletta la montagna di Mangiafava.

Sconci, Amenta, Mirabella e Miccichè si ritrovarono insieme alla montagna di Mangiafava all'ora convenuta.

Amenta e Sconci fecero le dovute presentazioni. Poi lasciarono soli l'inventore e il pilota per raggiungere il vicino campo sportivo, dove sarebbe dovuto avvenire l'atterraggio e dove, appena sceso dall'elicottero, avrebbero potuto arrestare il pilota perché colto senza licenza.

Miccichè, decisamente orgoglioso, cominciò a illustrare nei dettagli la sua macchina volante. Mirabella si complimentò molto e salì in cabina, pronto per il volo.

Chiuso lo sportello, fu lo stesso Miccichè a dare la spinta all'eliquattero che, fatta metà della discesa, oltre la quale avrebbe dovuto prendere il volo, continuò invece la caduta precipitando rovinosamente finché non andò a schiantarsi a valle sopra un cumulo di pietre che resero lunghe e complicate le pietose operazioni di recupero dei poveri resti del Mirabella affidate alla Riposeterno Company di Girolamo Cannella.

Più tardi, nella caserma di Castroianni, il brigadiere Amenta e il maresciallo Sconci si dispiacquero molto del tragico esito di una iniziativa che avrebbe dovuto portare solo all'arresto, e non certo alla morte del pur colpevole Mirabella. Restava da capire come fare per mettere le manette a Mangione, l'altro assassino, senza andarlo a cacciare in una situazione altrettanto drammatica.

19.

L'usuraio alle corde

Sconci e Amenta decisero di proseguire il discorso anche a cena. Avvisarono le famiglie che sarebbero rimasti fuori fino a tardi e in un angolo della trattoria di donna Rosina, tra una portata di lasagne al forno e una di porchetta alla siciliana, della quale la titolare era campionessa, ribatterono che Mangione andava fregato nel suo debole.

«Potremmo prenderlo accusandolo di usura», disse il maresciallo Sconci. «In paese lo sanno tutti che è uno schifoso usuraio...»

«Sì», convenne Amenta. «Ma ci vuole la persona giusta. Finora nessuno è mai venuto a denunciarlo.»

«Dobbiamo trovare un infiltrato. Qualcuno che finga di chiedergli un prestito e che ci metta in condizioni di avere la certezza che i soldi che presta li presta a strozzo.»

«Non ce lo avevi tu quel morto di fame che avevi arrestato perché pensavi fosse coinvolto nell'assassinio del pecoraio?» chiese Amenta al maresciallo.

«Bravo. Malanasca! È la persona giusta. Siamo pure rimasti in buoni rapporti. Se gli spieghiamo quello che deve fare e gli facciamo intravedere che, se si presta, gli facciamo guadagnare qualche migliaio di lire, ci consegna Mangione legato mani e piedi. Me ne occupo io», disse Sconci.

Malanasca accettò e la trappola scattò dopo pochi giorni.

Tenendolo per il braccio all'angolo di piazzetta De Cosmi, Mangione stava bestemmiando alla grande contro Malanasca, che tardava a restituire la somma che gli aveva prestato con interessi conseguenti. «Se entro domani non mi porti le ventunomila lire che mi devi, io ti scasso la pancia.»

«Io niente ho. Ho solo solo questi tre denti di oro. Questi ci posso dare», piagnucolò Malanasca, fintamente dispiaciuto.

«Io i tre denti te li faccio inghiottire con un pugno su questa bocca di porco che hai. Ventimila lire dovevano essere e ventimila lire mi devi dare.»

«Ma com'è che siamo arrivati a ventimila lire?» si mise a recitare ad alta voce Malanasca. «Vossia solo mille lire mi ha dato.»

«Questo è stato lo sbaglio che ho fatto. Quello di dare mille lire a te. Se quelle stesse mille lire le avessi date a Varagone lo spazzino, quello oltre alle ventimila lire era pronto a darmi come anticipo sua figlia Mariarosa. Che ha venti anni. Me la potevo portare a Mandravecchia e mi ci sarei divertito tutta una mattinata.»

«Ma sempre mille lire erano!» piagnucolò con perfetto tempismo il finto strozzato.

Il brigadiere Amenta arrivò alle spalle dei due giusto in tempo per sentire il finale della conversazione. «Che cos'è questo discorso delle mille lire?»

«Niente, niente», disse l'usuraio che aveva sempre pronta una scusa. «Questo qua, che non so manco come si chiama, mi stava dicendo che è morto di fame. E io gli ho detto che gli posso regalare mille lire per farlo campare. Vero?»

«No», disse Malanasca con l'orgoglio del collaboratore di giustizia. «Il signor Mangione la settimana passata mi ha prestato mille lire e ora vuole subito le mille lire che mi ha prestato più ventimila lire di interessi.»

«Bugiardo sei!» gli gridò contro Mangione e gli rigirò con violenza il polso che stava ancora stringendo.

Malanasca si svincolò. «E tu sei ladro e rovinafamiglie!»

Il brigadiere Amenta si interpose tra i due e puntò Mangione: «In nome del popolo italiano ti dichiaro in arresto». E fece cenno all'appuntato Vaccaro, che arrivò pronto con le manette già aperte. Mangione, colto di sorpresa, non oppose resistenza. Stretto tra i due militari che lo spingevano avanti, fu costretto a salire sulla camionetta. Malanasca, non sapendo che altro fare, si mise a battere le mani.

20.

Un'altra brutta fine

Nella camera di sicurezza della caserma, Mangione aveva perso l'arroganza che lo distingueva. Non riusciva a piangere, perché era talmente una canaglia da non avere neanche i normali sentimenti che si sprigionano nei momenti più difficili.

«Andiamo dal brigadiere», disse l'appuntato Vaccaro strattonandolo.

Amenta stavolta si lasciò andare a quello che provava. Senza pensare che era un abuso e ritenendolo anzi un primo atto di giustizia sommaria, andò incontro al detenuto e gli diede un paio di schiaffoni.

«Questo è reato!» scattò Mangione.

«È il minimo che ti può capitare d'ora in poi. Quanti padri di famiglia hai rovinato, disonorato che non sei altro?»

«Io non ho rovinato nessuno. Erano loro che mi venivano a chiedere aiuto!»

«Siamo stati a casa tua. E abbiamo sequestrato questo quaderno. Lo riconosci?» E Amenta tirò fuori dal cassetto uno di quei quaderni a quadretti con la copertina nera che si usavano a scuola una volta. Su ogni pagina ingiallita erano stati riportati con grafia minuta nomi, date, cifre prestate e cifre ricevute indietro con il calcolo degli interessi. «Su questo quaderno si legge chiaramente quanto hai incassato illecitamente, vedremo i conti che hai nelle banche e ti costringerò a restituire quello che hai rubato. Fino all'ultima lira.»

«Io non ne ho conti in banca!»

Il brigadiere chiese a Vaccaro di passargli i fogli che, informalmente, si era fatto rilasciare dalle banche. «Ecco qua. Cassa Sicula: dodici milioni settecentomila... Banca del Popolo: trentadue milioni seicentomila... Banca di San Carmelo: quaranta milioni secchi...»

Mangione perse la testa. Si buttò a terra e cominciò a scalciare.

A Vaccaro che avrebbe voluto fermarlo il brigadiere intimò: «Lasciagli rompere le corna contro la scrivania. Questa è la fine che devono fare i vermi come lui».

Dato che la sceneggiata non ebbe effetto, Mangione si fermò di botto. Si rialzò e gridò: «Fatemi uscire!»

«Ti abbiamo sequestrato anche gli assegni. Adesso li compiliamo con i nomi delle persone che devi risarcire e le cifre che ti hanno dato. Te li faremo firmare in serata.»

«Così niente mi resta!»

«È giusto così. Pezzo di fango che sei!»

«Voglio un avvocato!»

«Poi! Prima firmerai tutti gli assegni. Adesso in cella.»

Era la prima volta che il brigadiere Amenta, uomo tutto sommato pacifico e accomodante, si ritrovava ad amministrare la giustizia in una maniera così sommaria e certamente non tanto legale. Ma sapeva che era l'unico modo per rimettere a posto le cose rapidamente. Non era certo che avrebbe ottenuto gli stessi risultati, se avesse affidato il caso al normale corso della giustizia.

Quando la sera l'appuntato Vaccaro lo riportò nella stanza del brigadiere, Mangione era livido e con gli occhi spiritati.

Continuando a dargli dispregiativamente del tu come faceva con i peggiori malfattori, Amenta gli diede l'ordine per lui ferale: «Ora ti siedi e firmi uno per uno tutti gli assegni che abbiamo preparato. Dal solo Vincenzino Minnella, per un prestito di ventimila lire hai voluto indietro quattrocentomila lire. Dovresti vergognarti. Questo è il primo assegno che devi firmare».

Mangione non sedette nemmeno. Guardò la pila di assegni che coprivano la scrivania e si sentì male. Mentre l'appuntato lo teneva fermo per le spalle, il brigadiere, lento e inesorabile, gli sottopose gli assegni che, uno ad uno, lo strozzino dovette firmare.

«Ora che ho finito mi viene da svenire. Portatemi di nuovo dentro la cella. Ho bisogno di stendermi.» Aveva un tono di voce che non convinse Amenta.

Mangione lasciò la stanza trascinando i piedi. L'indomani mattina fu trovato riverso sul paglericcio con la bocca aperta e gli occhi stravolti. Utilizzando una lametta da barba, che i militari si erano accorti portava nella tasca posteriore dei pantaloni, si era tagliato le vene. A fronte del dolore per la perdita del suo amato denaro, aveva preferito togliersi la vita.

Così sono gli usurai.

In serata, ritrovandosi seduti al solito tavolino del Caffè Moka, Amenta e Sconci convennero che, tutto sommato, le conclusioni delle vicende dalle quali fino a pochi giorni prima non sapevano come venire a capo, avevano una logica. Due morti impreviste avevano fatto giustizia su due delitti che sembravano impossibili da risolvere per i tempi e le modalità in cui erano avvenuti.

21.

L'Autore e i suoi personaggi

Era notte. A corso Trieste c'era un gran silenzio. L'ultima macchina era passata da dieci minuti. L'Autore, come era solito fare, si stava attardando nel suo studio a scrivere. Lavorava a quell'ora per non cedere alle molestie che di giorno si infliggeva o gli infliggevano con il telefonino perennemente collegato alle redazioni dei suoi programmi televisivi, che ormai finiva col fare non tanto più per interesse artistico ed economico quanto per tenere in vita gruppi di lavoro che lo seguivano da anni.

Suonarono al videocitofono. A schermo pieno, sul nuovissimo apparecchio a colori che si era fatto montare alla sinistra della scrivania apparve il viso di Sconci.

«Maresciallo, che ci fa lei qua?»

«Non sono da solo...» disse Sconci. Si scostò e alle sue spalle apparvero il brigadiere Amenta, gli appuntati Vaccaro e Verna, e via via, per ordine di apparizione, tutti gli altri personaggi: Peppe Rapina, il pecoraio Midulla. In terza fila sgomitavano la Culotta, il direttore delle imposte Mirabella, l'usuraio Mangione e tutti gli altri protagonisti dei due romanzi sui quali l'Autore stava lavorando.

«Ci apra», disse Sconci con un tono che non ammetteva repliche. «Siamo venuti a trovarla perché le dobbiamo parlare.»

L'Autore era in pigiama, con la vestaglia e le scarpe da camera. Ma non poteva dire di no. Cominciò a smanettare sui pulsanti del videocitofono finché non riuscì ad aprire il portone e quei personaggi, in pochi secondi, si trovarono al quinto piano senza neanche usare l'ascensore. Li fece entrare nello studio e chiuse la porta, per non disturbare la moglie che dormiva da qualche ora. Sedette nella sua poltrona girevole e se li trovò tutti davanti, in piedi, schierati con lo sguardo freddo di un plotone di esecuzione.

Erano lì per spararagli in faccia le angosce delle quali li aveva caricati. Si preoccupò.

A parlare per primo fu Amenta: «Brutto lavoro quello che ha fatto con me. Mi ha buttato tra i piedi un morto, prima facendolo apparire come un suicida e poi lasciando scoprire che l'aveva ammazzato uno che io non potevo arrestare perché faceva parte di un altro romanzo. Le pare questo il modo di fare l'autore?»

Il maresciallo Sconci rincarò la dose: «Mi associo e aggiungo: lei non può farci fare la figura degli sprovveduti, divertendosi a scrivere sciocchezze che divertono solo lei. Un maresciallo, dedito al lavoro con l'impegno che ci ho messo io, non si può trovare davanti un morto preso a bastonate in testa solo perché, a casa di un altro, si era bevuto un po' di vino e mangiato un po' di pane che non era suo».

«E cosa dovrei dire io?» gridò il direttore Mirabella, puntandogli in faccia l'indice della mano destra. «Questo signore mi ha rovinato la reputazione facendomi piantare un coltello da cucina alle spalle di un disgraziato che non conoscevo, perché me lo ha fatto trovare nudo nel mio letto.»

L'Autore cominciava a contrariarsi. «Per uno che entra nella sua camera da letto e ci trova un uomo nudo quelle erano corna belle e buone. La storia è fatta di mariti cornuti che ammazzano gli amanti delle mogli.»

«Ma io stavo solo dormendo. E la moglie del direttore manco la conoscevo», gridò Peppe Rapina, avanzando dal fondo con addosso un lenzuolo che una mano pietosa gli aveva buttato sulle spalle. «Guardate come mi ha fatto finire!» Lasciò cadere il lenzuolo e rigirandosi mostrò il coltello da tavola ancora piantato tra la seconda e la terza costola su un ributtante posteriore flaccido.

«Copriti che nudo così fai ancora più schifo», disse la Culotta, che gli stava accanto, riprendendo da terra il lenzuolo e rimettendolo addosso al marito. Poi puntò il dito contro l'Autore e si lasciò andare all'eloquio che le era proprio: «A me, questo signor scrittore del cavolo, mi ha fatto fare la figura della prostituta solo perché mi ero fatta qualche maschio dopo essere stata costretta a sposarmi con questo maiale che mi aveva violentata a sedici anni».

«Per amore ti avevo preso», disse Peppe Rapina parlando un corretto italiano che il personaggio non si sarebbe potuto permettere.

Ma ormai erano i sentimenti a esprimersi. E i sentimenti l'italiano lo parlavano perfettamente. «La causa della mia disgrazia è stata quell'amore. Perché questo cornuto...» – e indicò Mirabella – «è venuto ad ammazzarmi mentre dormivo nel letto che credeva fosse il suo».

Il direttore, furente, lo strattonò: «Io ti ho trovato nudo nel mio letto. E ha ragione il signor Autore a dire che, quando un marito trova un uomo nudo nel suo letto, lo deve ammazzare. Nei miei anni, il civilissimo delitto di onore non è stato ancora abolito».

Mirabella fu subissato da un coro di «buuuhhh» che neanche un vegetariano alla sagra della porchetta.

L'Autore cercò di mettere ordine. «Signori, signori! Ascoltatemi. Non sempre nelle librerie arriva quello che ha immaginato inizialmente chi mette le storie sulla carta. Uno parte sempre da un'idea vaga, con personaggi le cui identità non gli sono chiare quando comincia a scrivere. Non sempre l'idea di partenza è quella che va avanti per tutta la trama. Da un certo momento in poi i personaggi scappano di mano all'Autore.» Si rivolse alla Culotta. «Lei, perché a un certo punto si è voluta mettere pure con il figlio dell'avvocato? Quello non l'ho pensato io...»

«Una volta che c'ero... Meglio un ragazzo fresco e giovane che i vecchi brutti e mollacchi che lei mi ha buttato tra le gambe.»

«Visto? Quando la storia è partita, i personaggi assecondano una propria logica. Senza tener conto di quello che l'Autore potrebbe volere.»

Serio, col viso teso come era nel personaggio, intervenne Giovannino. «Ma i personaggi li sceglie lei. E spesso a sproposito. La mia è una storia vera e dolorosa che lei ha messo in mezzo solo per aggiungere un capitolo, necessario per completare la quantità di pagine del suo nuovo romanzo.»

«Le storie vere alle volte dànno più colore ai racconti. Inoltre, ti ho fatto fare una testimonianza necessaria a individuare un colpevole.»

«Colpevole che non ci ha messo in condizione di arrestare», commentò il maresciallo Amenta.

«Mentre a me mi ha fatto restare in galera da innocente!» protestò Malanasca.

«L'ho fatto deliberatamente per denunciare la piaga degli errori giudiziari. È una fissazione che mi è rimasta da quando facevo l'avvocato. Ed è anche la ragione per la quale ho lasciato la professione per passare a fare altro.»

«Ha fatto bene», gridò una voce dal fondo. «Chissà quanti ladri di polli sarebbero finiti all'ergastolo se si fossero affidati a lei.»

L'Autore fece finta di non sentire e proseguì: «Quanta gente viene ingiustamente data in pasto all'opinione pubblica pur essendo innocente? Pensate al caso di Enzo Tortora. I magistrati che lo hanno fatto morire hanno chiuso la carriera con il massimo degli stipendi.»

«Pensi a quanti magistrati hanno perso la vita per riaffermare la legge», lo corresse il brigadiere Amenta, che stava dalla parte della giustizia.

«È vero pure questo», ammise l'Autore. «Ciò non toglie che i magistrati hanno in mano un potere che nessun altro organo dello Stato ha. E non ne rendono conto a nessuno. Quando ero ancora un giovane avvocato, in un convegno sulla giustizia che hanno tenuto a Racalmuto, Leonardo Sciascia ha detto una cosa che non va dimenticata.» Da una delle cartelline allineate nella libreria che aveva alle spalle, prese la pagina di un giornale ingiallito. «È un ritaglio di giornale che ho conservato e che rileggo ogni tanto. Sentite cosa dice Sciascia: "Per me, terra-terra, il problema è questo: ci sono dei cittadini che, conseguita una laurea in legge, fatto un concorso e vintolo, assumono un potere che nessun altro cittadino, in eguali condizioni, dentro altre amministrazioni, ha sui propri simili. È un potere enorme. Naturalmente ci vuole scienza e coscienza per usarlo, ma non tutti ce l'hanno e, anzi, la disgregazione in questo senso mi pare abbastanza avanzata. E allora, un rimedio bisogna pur trovarlo. Ci sono magistrati buoni, ottimi, perfetti: ma le leggi non servono contro i buoni cittadini, servono contro i cattivi; quindi è contro il cattivo magistrato che si vuole avere una regolamentazione, una disciplina, al di là di quelle che già ci sono e non funzionano".»

Girando attorno alla scrivania, il maresciallo Sconci prese il blocco di fogli di carta che l'Autore teneva alla sua destra. Dovevano essere gli appunti del romanzo nero.

E mentre lui parlava, gli altri personaggi non smettevano di borbottare.

Certi, addirittura, alzando la voce e spostando rumorosamente le sedie, si facevano avanti.

Cominciava a tirare aria di ciantona.

«Io qui sto scritto, vero?» chiese all'Autore il maresciallo.

Il brigadiere Amenta non gli diede tempo di rispondere e, affiancandosi al collega, prese l'altro blocco di fogli che stavano al centro della scrivania: «È questo il romanzo bianco?»

Una intrusione così violenta l'Autore non se l'aspettava. Con decisione si riappropriò dei suoi fogli, li strinse sotto il braccio destro e facendosi largo tra i personaggi raggiunse il balcone. Tenendo le spalle poggiate alla ringhiera, tentò di rabbonire Rapina, la Culotta e il direttore Mirabella che erano i più scalmanati. «Buoni, buoni. Sto pensando a come riscrivere alcuni passaggi che rimettono a posto le storie e vi ridaranno la tranquillità.»

Ma, puntando la mano sul viso della Culotta, alzò improvvidamente il braccio destro per confermare l'impegno.

E, complice un improvviso colpo di vento, i fogli volarono via insinuandosi tra le chiome dei pini di corso Trieste, posandosi sulle aiuole e sul marciapiedi. Certi, addirittura, finendo dentro un cassone dell'immondizia che poco avveduti abitanti del quartiere avevano lasciato aperto.

Sconvolto, l'Autore si affacciò per guardare l'ingloriosa fine dei suoi tre mesi e passa di lavoro.

Era stata la ribellione dei suoi personaggi a metterlo in quella dolorosa situazione. Adesso lo avrebbero sentito. Era pur sempre lui ad avere in mano i timoni delle storie!

Si rigirò, pronto a gridare anche lui, a rimproverarli.

Ma lo studio era vuoto.

Non c'era più nessuno. Erano volati tutti via, come i duecento e passa fogli ormai scompaginati nel buio della notte.

La ciantona finiva lì.

Stampato nel gennaio 2024 per conto di Baldini+Castoldi s.r.l.
da Mediagraf S.p.A. – Noventa Padovana (PD)